맹물 옆에
콩짱 옆에
깜돌이

봄볕어린이문학

# 맹물 옆에 콩짱 옆에 깜돌이

**초판 1쇄 발행** 2022년 1월 21일
**초판 3쇄 발행** 2022년 11월 11일

**지은이** 이소완
**그린이** 모예진

**펴낸이** 권은수 **펴낸곳** 도서출판 봄볕
**만듦** 박찬석 **꾸밈** 여희숙 **가꿈** 성진숙 **알림** 강신현 **살림** 권은수
**함께 만든 곳** 피오디 북, 가람페이퍼

**등록** 2015년 4월 23일 제25100−2015−000031호
**주소** 서울특별시 서대문구 서소문로 37 1406호(합동, 충정로대우디오빌)
**전화** 02−6375−1849 **팩스** 02−6499−1849
**전자우편** springsunshine@naver.com **블로그** http://blog.naver.com/springsunshine
**스마트스토어** https://smartstore.naver.com/shinybook
**인스타그램** @springsunshine0423
ISBN 979-11-90704-47-2 73810

ⓒ 이소완, 모예진, 2022

• 책값은 뒤표지에 적혀 있습니다. • 봄볕은 올마이키즈와 함께 어린이를 후원합니다.
• 이 책은 콩기름을 이용한 친환경 방식으로 인쇄했습니다. • KC마크는 이 제품이 공통안전기준에 적합함을 의미합니다.
• 이 책은 저작권법에 따라 보호받는 저작물이므로 무단 전재와 복제를 금합니다.

# 맹물 옆에
# 콩짱 옆에
# 깜돌이

이소완 지음 | 모예진 그림

봄볕

차례

# 깜돌이를 처음 만난 날

창밖으로 활짝 피어난 벚나무가 보였다. 흩날리는 꽃잎이 예뻤다. 엄마는 소파에 비스듬히 누워 꾸벅꾸벅 졸고 있었다. 살금살금, 신발에 발을 구겨 넣었다. 엄마가 부스스 눈을 떴다.

"도서관에 가려고."

엄마는 힘없이 고개를 끄덕이며, 같이 가 주지 못해서 미안하다고 했다. '뭐가 미안해?' 하려다가 말을 꿀떡 삼켰다. 하고 싶은 말을 내뱉기보다 꿀떡꿀떡 삼키는 게 마음이 더

편했다. 별 생각 없이 말을 했다가 2학년 때 짝꿍을 울려 버린 뒤로 생긴 버릇이다.

옆 단지와 이어지는 아파트 사잇길에 콩짱이 서 있었다.

"맹물, 얼른 가서 자판기 코코아 마시자. 너도 사 줄게."

콩짱이 짤랑짤랑 동전을 흔들었다.

맹물은 내 별명이다. 싱겁고 눈물이 많다는 뜻으로 콩짱이 지어 줬다. 콩짱은 내가 지어 준 별명이다. 몸집은 콩알만 한데 기운은 짱짱하다는 뜻이다.

아주아주 꼬맹이 때부터 우리는 늘 붙어 다녔다. 콩짱 엄마랑 우리 엄마가 둘도 없는 동네 친구여서, 우리도 자연스레 친구가 되었다. 정확히 말하면 콩짱은 남자 사람 친구이다. 콩짱은 내가 여자인지 남자인지 하나도 신경 쓰지 않지만 말이다. 요새 들어 자꾸 콩짱한테 신경이 쓰였다. 왜 그런지 모르지만 콩짱을 보면 가슴이 콩콩콩 뛰기도 했다.

그때였다.

왈왈왈!

개 한 마리가 눈 깜짝할 사이에 지나갔다. 너무 놀라 소리도 지를 수 없었다.

"깜돌아! 깜돌아!"

뒤를 돌아보니 위아래 파란색 추리닝을 입은 아저씨가 경중경중, 금방이라도 자빠질 듯하게 달려오고 있었다. 엉거주춤한 모양새가 우스꽝스러웠다.

콩짱이 눈을 반짝이며 말했다.

"맹물, 실력을 보여 줘! 달리기 말이야!"

달리기라면 자신 있었다. 찻길로 나가기 전에 잡아야 했다. 뒤에서 짤랑짤랑 동전이 부딪치는 소리랑 탁탁탁 슬리퍼 신고 뛰어오는 소리가 들려왔다. 금방 숨이 턱까지 차올랐다. 개가 힐끗 돌아보며 멈췄다. 혀를 쭉 빼고 헉헉거리며 내 눈치를 살폈다. 나도 더는 달릴 수 없었다.

잠시 뒤, 콩짱과 추리닝 아저씨가 숨을 헉헉 몰아쉬며 옆에 와 섰다. 사람 셋과 개 한 마리가 대여섯 발짝을 사이에 두고 있었다.

콩짱이 말했다.

"아저씨가 주인이죠? 아저씨도 맹물도 꼼짝하지 마요.

제가 슬쩍 다가가서 잡을게요. 쟤 이름이 뭐예요?"

"깜돌이. 괜찮을까? 내가 가는 게 낫지 않을까?"

"아니요. 제가 갈게요."

금방이라도 개가 다시 달아날 것 같았다. 조마조마했다.

"콩짱, 어떻게 하려고?"

콩짱은 씨익 웃더니 개를 향해 몸을 틀었다.

"깜돌아 안녕?"

깜돌이는 온통 까맸다. 까만 얼굴 한가운데 새까만 눈동자가 반짝반짝 빛났다.

콩짱은 말을 걸어 놓고는 다가갈 듯 말 듯하며 뜸을 들였다. 가만히 눈치만 보던 깜돌이가 이내 꼬리를 흔들었다. 그 틈을 타서 콩짱이 순식간에 다가갔다. 깜돌이가 콩짱한테 다가와 냄새를 맡았다. 입이 떡 벌어졌다. 콩짱은 개를 홀리는 재주가 있었다.

"맛있는 냄새 나지? 그치? 응? 우리 집 치킨 집 하거든. 나랑 친해지면 닭다리도 먹을 수 있다!"

콩짱은 서두르지 않았다. 자연스럽게 등을 몇 번 쓰다듬

더니 목줄을 잡았다. 깜돌이가 캉캉캉 기운차게 짖었다. 추리닝 아저씨가 만세를 불렀다.

나도 깜돌이와 인사를 하고 싶었다. 다가가니까 깜돌이가 앞발을 들고 껑충거렸다. 살짝 겁이 나서 저절로 뒷걸음질했다.

"좋아서 그러는 거야. 손을 내밀어 봐. 냄새를 맡고 싶어 할 테니까."

콩짱이 도와줘서 조심스레 손을 내밀었다. 콧바람이 따뜻했다. 깜돌이가 혀로 손바닥을 핥았다. 손바닥도 간질간질, 마음도 간질간질.

추리닝 아저씨는 깜돌이 목줄에 긴 줄을 걸고는 큰소리치기 시작했다.

"도대체 몇 번째야! 땅에 내려놓기만 하면 무턱대고 달려나가고! 진짜 이러다가 큰일 난다고!"

추리닝 아저씨는 팔을 허리에 대고 인상을 썼지만, 그냥 그런 척하는 게 다 보였다. 깜돌이가 꼬리를 살살 흔들며 불쌍한 눈으로 올려다보았다. 아저씨는 금세 사르르 녹아서 머리를 긁적였다.

콩짱이 끌끌 혀를 찼다.

"그게 뭐예요?"

아저씨는 어리벙벙한 표정으로 콩짱을 바라보았다.

"나 무섭지 않았니?"

콩짱이 흥 하고 콧방귀를 뀌었다.

"여튼 너무 고맙다. 너희가 안 도와줬으면 종일 뛸 뻔했지 뭐야. 내 이름은 김준이야. 편하게 형이라고 해도 돼. 너희는 맹물이랑 콩짱?"

말이 턱 막혔다. 톡 쏘아붙이고 싶은데, 이럴 때도 말이 입에서 뱅뱅 돌다가 꿀떡 목구멍 속으로 사라졌다. 남자로 보이는 건 다 짧은 머리카락 때문이다. 엄마가 아픈 뒤로는 긴 머리를 하고 다니는 게 늘 골치였다. 감고 말리는 건 어떻게든 혼자 할 수 있지만 머리를 묶는 건 아무리 해도 늘지 않았다. 팔 드는 게 힘든 엄마한테 자꾸 머리를 묶어 달라고 할 수 없었다. 단발머리가 더 속상할 것 같아서 남자애들처럼 아주 짧게 잘랐다.

내가 어물대자 콩짱이 씩씩거리며 나섰다.

"맹물이 어딜 봐서 남자예요? 여자란 말이에요, 여자!"

나는 배시시 웃었다. 콩짱이 내가 여자애라고 큰소리쳐 주니까 기분이 좋았다.

아저씨가 머리를 긁적이며 우리를 바라보았다.

"미안, 머리가 짧아서 너희가 남자라고 생각했어!"

콩짱은 답답한 듯 가슴을 퍽퍽 쳤다.

"전 남자 맞아요!"

답답한 콩짱이 발까지 동동 구르자 깜돌이가 아저씨 주위를 뱅글뱅글 돌았다. 깜돌이가 아저씨를 챙기는 모양새였다. 아저씨는 얼굴이 벌게졌다. 슬리퍼 앞쪽으로 튀어나온 발가락까지 꼬물거렸다. 그만 풋 웃음이 터졌다. 왠지 미워할 수 없는 아저씨였다.

우리는 아저씨를 졸졸졸 따라갔다. 아니, 깜돌이를 따라갔다. 조금이라도 깜돌이랑 친해지고 싶었다. 공원에 들어서자 콩짱이 아저씨한테 부탁해서 깜돌이 줄을 받아 쥐었다.

보도블록이 깔린 산책로가 끝나고 보드라운 흙길이 나왔다. 나무들은 푸릇한 새잎을 내고 있었다. 길이 조금씩 가팔라졌다. 아저씨 걸음이 눈에 띄게 느려졌다. 금세 땀을 뻘뻘 흘리고 얼굴이 노래졌다. 끝내 나무 의자에 털썩 주저앉고 말았다.

콩짱이 물었다.

"아저씨 어디 아파요?"

아저씨가 손사래를 쳤다.

"아니, 아니, 괜찮아. 만날 책상에만 앉아 있어서 그래. 선생님 되려고 임용 고시를 준비하고 있거든. 시험이 겨울인데 벌써 힘에 부치니 큰일이야. 깜돌이랑 산책도 자주 나와야 하는데….."

힘없는 아저씨 목소리에서 엄마의 목소리가 겹쳐졌다.

"도와줄 사람은 없어요?"

"식구들이 다들 멀리 살아. 형하고 나만 서울에 살지. 사실 깜돌이는 형이 키우는 개야. 작년에 형수님이 쌍둥이를 낳았거든. 아기 둘에 깜돌이까지 너무 힘들잖아. 쌍둥이가 걸을 때까지만 깜돌이를 봐 달라고 해서 데려왔어. 그런데 진짜 그냥 데리고만 있어."

아저씨는 힘없이 웃었다. 웃다가 깜돌이를 물끄러미 내려다보더니 괴로운 듯 머리를 쥐어뜯었다.

"하, 사실은 엉망진창이야. 벌써 시험을 두 번이나 떨어졌거든. 올해가 마지막이라고 생각하니까 도통 여유가 없어. 산책은 자꾸 미루게 되고. 깜돌이는 산책만 나오면 천방지축이 되고. 미안한 마음에 혼도 못 내고."

잠자코 듣고 있던 콩짱이 비탈 쪽으로 몸을 돌렸다.

"오늘은 제가 깜돌이랑 제대로 달리고 올게요."

아저씨가 뭐라고 말할 틈도 없이 콩짱과 깜돌이가 쌩하니 달려 나갔다. 아저씨는 고맙기도 하고 미안하기도 한 눈으로 멀어지는 둘을 바라보았다. 집에서 나올 때, 엄마가 나를 쳐다보는 눈빛과 비슷했다. 아저씨 옆에 나란히 앉았다. 꿀떡꿀떡 삼켰던 말들이 나도 모르게 터져 나왔다.

"아저씨, 미안하다는 말은 그만해요. 우리 엄마도 유방암 수술을 받고 많이 아파요. 엄마도 자꾸 나한테 미안하다

고 해요. 아픈 게 엄마 탓은 아니잖아요."

뜬금없는 고백에 아저씨가 고개를 들었다.

"아…, 그…, 그래…."

아저씨는 처음 만나서 너무 주책이었다며 다시 얼굴을
붉혔다. 슬리퍼 앞쪽 발가락들을 보니 역시 또 꼬물거리고
있었다.

나는 한 번 더 용기를 냈다.

"얼쑤 아저씨라고 불러도 돼요? 아저씨 뛸 때 보니까 탈
춤 추는 것 같아요!"

아저씨는 헤헤 웃으며 쑥스러운 듯 머리를 긁었다.

"좋은데! 공부하다 지칠 때마다 얼쑤 하고 외쳐야겠는
걸!"

우다다다, 콩짱이랑 깜돌이가 신나게 달려왔다. 깜돌이
는 혀를 쭉 빼고 있었다. 기분이 좋은 걸까, 꼬리를 힘껏 세
워서 흔들고 있었다. 기운을 차린 아저씨가 벌떡 일어서서
손을 흔들어 보였다. 아저씨는 그만 들어가 봐야 한다고 했
다. 인터넷 강의를 들어야 한다고.

콩짱이 아쉬워하며 물었다.

"언제 또 나와요? 깜돌이 만나고 싶어요."

"글쎄, 일주일에 한 번은 산책을 나오려고 하는데…. 오
고 가며 또 보자! 오늘 너무 고마웠어!"

헤어지는 순간부터 깜돌이가 보고 싶었다.

## 우리 친구 할래요

학교가 끝나면 매일매일 공원에 나갔다. 맹물은 개 짖는 소리가 들리면 고개를 쭉 빼고 두리번거렸다. 누구를 기다리는지 안 물어봐도 뻔했다. 며칠째 깜돌이는 나타나지 않았다.

맹물은 아저씨 별명을 '얼쑤'라고 지었다고 했다. 맹물은 진짜 별명을 잘 지었다. 나는 엄지를 척 들어 보였다. 맹물이 쑥스러워하며 배시시 웃었다.

왈왈왈

반가운 소리와 함께 깜돌이가 보였다. 그 뒤로 끌려오는 얼쑤 아저씨도 보였다. 맹물이 활짝 웃었다. 덩달아 내 입꼬리도 올라갔다. 깜돌이가 꼬리를 살랑살랑 흔들었다.

'나한테도 꼬리가 있으면 신나게 흔들어 줬을 텐데.'

아쉬운 대로 손을 꼬리처럼 세우고 흔들어 주었다. 얼른 줄부터 받아 쥐었다. 오늘은 깜돌이가 원하는 만큼 실컷 놀아 주고 싶었다.

"깜돌이 준비됐지? 두 사람은 천천히 따라와요!"

일쑤 아저씨가 "내 생각도 좀 해 줘!" 하며 우는소리를 했다.

공원과 이어진 작은 언덕으로 내달렸다. 깜돌이는 물 만난 고기 같았다. 한낮 공원에는 사람이 없었다. 줄은 최대한 길게 잡았다. 목줄이 당기면 그것만큼 스트레스를 받는 일이 없을 테니까.


산에서 살던 때가 떠올랐다. 아침저녁으로 산길을 달리던 누렁이 탱이가 떠올랐다.

막 초등학교에 들어갔을 때였다. 학교에서 돌아와 보니 집 여기저기에 빨간 딱지가 붙어 있었다. 빨간 딱지의 저주일까, 하루아침에 그 집에서 살 수 없다고 했다. 엄마는 그날 이후로 한 번도 보지 못했다. 아빠가 나를 데리고 깊고 깊은 산골짜기로 들어갔다.

아침이면 아빠가 산 아래로 데려다주었고 나는 셔틀버스를 타고 학교에 다녔다. 모든 게 어리둥절했다. 새로 살게 된 산속의 집이며, 전교생이 딱 열 명인 작은 학교, 엄마가 없다는 깃까지 꼭 남의 일 같았다. 한 밤 사고, 두 밤 자고, 세 밤 자고, 손가락을 다 세 가면서 자고 나니 새로 이사 온 집이 무섭고 싫었다.

밤이면 깜깜한 산에서 이상한 소리가 들렸다. 바스락바스락 발소리, 산짐승의 울음소리, 휘이잉 바람 소리까지. 엄마 옆에서 자고 싶었다. 아빠 핸드폰으로 몰래 엄마한테 전화를 걸었는데 없는 번호라고 했다.

뭘 해도 신이 나지 않았다. 아빠한테 원래 집으로 돌아가자고 울고불고 난리를 쳤다. 아빠는 그럴 수 없다며 대신

개를 키우자고 했다.

　개를 데리러 가는 날, 아빠는 논밭으로 난 좁은 길로 차를 몰았다. 한참 꼬불꼬불 달린 뒤 산 아래 계곡 옆에 커다란 창고가 보였다. '동물 보호 센터'라는 간판이 보였다. 차에서 내리니 개 짖는 소리에 귀가 따가웠다. 마당에 있는 개들이 철창으로 달려들었다. 마당뿐만 아니라 커다란 창고에도 개들이 엄청 많았다. 백 마리 아니 천 마리는 될 듯했다.

　아빠는 맘에 드는 녀석을 고르라고 하는데, 한 녀석을 콕 집을 수가 없었다. 수많은 눈동자가 나를 바라보고 있지만 어떤 개와도 눈을 마주칠 수 없었다. 너무 무서워서 일부러 딴짓을 하며 눈길을 피했다.

　그때 구석에서 몸을 돌돌 말고 멍하니 땅만 보고 있는 누렁이가 보였다. 구부정한 뒷모습이 꼭 내 모습 같았다. 누렁이는 많이 늙었다고 했지만 상관없었다. 누렁이는 차에서 멀미를 했다. 모든 걸 토해 내고 축 늘어져서는 짖지도 않았다.

집에 오자 툇마루 아래로 쑥 들어가 버렸다. 아무리 불러도 꼼짝하지 않았다. 몇 날 며칠을 툇마루 밑에 있었다. 아무도 보지 않을 때 슬며시 나와서 사료랑 물을 먹었다. 그러다가 내가 마당에라도 들어서면 툇마루 밑으로 쑥 들어가 버렸다. 겁이 많은 건지, 고집불통인 건지, 해도 해

도 너무했다.

"바보탱이!"

녀석이 슬그머니 툇마루 밖으로 고개를 비죽 내밀었다. 그 뒤로 이름이 '탱이'가 되었다. 아빠는 탱이를 '우리 영감 탱이'라고 불렀다.

이름이 생긴 뒤 녀석은 마당으로 자주 나왔다. 그렇게 또 몇 주가 지나자 꼬리를 흔들어 주었다. 탱이가 내 옆에 다가와서 배를 깔고 누운 날은 잊을 수가 없다. 탱이의 누런 털은 짧고 빳빳했다. 털을 쓸어 주자 손을 핥았다.

학교 갈 때면 탱이가 같이 산을 내려가 주었다. 셔틀버스를 타고 손을 흔들면 탱이가 멍멍 짖었다. 오후에 셔틀버스에서 내리면 탱이가 그 자리에서 기다리고 있었다. 집에 책가방을 던져 놓고 해가 질 때까지 산을 쏘다녔다. 둘이 함께 있으면 어둠침침한 산도 무섭지 않았다. 여기저기 쏘다녀도 탱이만 따라가면 집에 올 수 있었다.

용감한 탱이가 딱 하나 무서워하는 건 기계 소리였다. 세탁기 돌아가는 소리에 화들짝 놀라 사납게 짖어 댔다. 나중에 알고 보니 차 타는 걸 엄청 싫어했다. 아빠는 버려진 기억 때문에 그럴 거라고 했다. 탱이도 빨간 딱지의 저주 같은 끔찍한 일을 겪은 게 틀림없었다.


야호! 언덕 꼭대기다. 운동 기구가 보였다. 나무 의자에 앉아 숨을 돌리고 있자니 맹물과 얼쑤 아저씨가 헉헉거리면서 쫓아왔다.

깜돌이가 엉덩이를 들썩였다. 힘이 넘쳤다.

맹물이 나를 바라보았다. '이제 뭘 할까?' 하고 묻는 얼굴이었다. 맹물에게 잘 보이고 싶었다. 나는 긴 막대기를 주워 들어 깜돌이에게 물렸다. 뺏으려고 하자 깜돌이가 매달렸다. 우리 둘이 힘 싸움을 했다. 맹물이 "와! 와!" 소리를 질렀다.

"개를 키워 봤어?"

가슴이 따끔했다. 아직 누구에게도 탱이 얘기를 해 본 적이 없었다. 왠지 맹물한테는 다 얘기하고 싶었다.

"산에서 누렁이를 키웠어. 이름이 탱이였어."

"진짜? 그럼 탱이는 지금 어딨는데?"

"…."

말문이 턱 막혔다. 맹물이 나를 말갛게 바라보았다.

"탱이는 무지개다리를 건넜어."

맹물은 무지개다리가 무슨 뜻인지 몰랐다. 죽었다고 하니까 맹물 눈이 커다래졌다. 서로 눈치를 보다가 입을 꾹 닫고 말았다.


다시 서울에 와 보니 나는 촌스러운 시골 아이였다. 까무잡잡하고 작은 나에 비해 다른 애들은 멀끔하고 키가 컸다. 맹물은 다른 애들보다도 더 커 있었다. 머리카락도 짧게 잘라서 얼핏 보면 남자애 같았다. 하지만 한눈에도 맹물은 맹물이었다. 내가 쭈뼛거리자 맹물이 팔꿈치로 나를 쿡 찔렀다. 픽 웃음이 나왔다. 그 순간부터 맹물이 좋았다.

맹물네 아줌마가 나를 보고 싶어 해서 맹물네 집에 놀러 갔다. 아줌마가 나를 꼭 안아 주었다. 엄마 품 같아서 찔끔 눈물이 났다. 아줌마는 마르고 얼굴이 까맸는데 좀 아프다고 했다. 나중에 들으니 아줌마는 올해 초에 암 수술을 하고 이 주일에 한 번씩 항암 치료를 받는다고 했다. 병원에

다녀온 뒤 하루 이틀은 아파서 아무것도 하지 못한다고 했
다. 그 말을 하며 맹물은 잘근잘근 손톱을 씹었다.


왈왈왈

깜돌이가 다시 놀자고 불렀다. 나무 막대기를 물었다 뺐
었다 했다.

'맹물 옆에 깜돌이가 있어 준다면 어떨까?'

맹물에게 나무 막대기를 넘겼다.

"맹물! 깜돌이한테 막대기를 물리고 당겨 봐. 깜돌이가
있는 힘껏 버틸 거야. 맞아. 잘하고 있어."

깜돌이는 쪼끄매도 힘이 장사였다. 맹물은 깔깔 웃으며
즐거운 비명을 질렀다.

"막대기에서 손을 떼. 딴청을 해 봐."

맹물이 내 말대로 하자, 깜돌이가 맹물 발치에 막대기를
툭 뱉어 놓았다. 맹물이 좋아서 팔짝팔짝 뛰었다.

"맹물, 우리 깜돌이 매일 만날까?"

맹물과 깜돌이가 동시에 '어떻게?' 하는 얼굴로 나를 바

라보았다. 깜돌이는 왠지 사람 말을 알아듣는 것 같았다.

깜돌이가 왈왈 짖어서, 나무 의자에서 꼬박꼬박 졸고 있던 얼쑤 아저씨를 깨웠다.

아저씨에게 우리 계획을 들려 주었다. 매일 오후에 한 시간씩 깜돌이랑 산책을 하고 싶다고 했다. 기대와 달리 아저씨는 꽤 머뭇거렸다. 깜돌이를 돌보는 일을 아이들한테 부

탁할 수 없다고 했다.

잠자코 있던 맹물이 고개를 살살 저었다.

"저희는 깜돌이를 돌보려는 게 아니라, 친구가 되고 싶은 거예요."

'와, 어떻게 말을 저렇게 멋지게 할 수 있을까!'

이러니 맹물을 좋아하지 않을 수 없다. 아저씨는 그래도 망설였다. 나는 맹물처럼 멋지게 말할 수는 없지만 아저씨를 달달 볶을 수는 있었다.

"아이참, 뭐가 문제예요? 한번 시켜 줘요!"

아저씨가 머리를 벅벅 긁었다.

"깜돌이랑 산책하다가 힘들면 꼭 말해야 해. 알았지?"

"네. 아저씨도 공부하기 힘들면 말해요. 공부는 대신해 줄 수 없지만요."

아저씨와 맹물이 깔깔깔 웃었다. 깜돌이도 왈왈왈 짖었다. 아니, 다 알아듣고 같이 웃는 게 분명했다.

# 깜돌이, 훈련을 받다

깜돌이는 이름 그대로 온통 까맸다. 처음부터 너무 귀여워서 내 마음에 쏙 들어왔는데 다른 사람들한테는 꼭 그렇지 않은 모양이었다.

깜돌이를 데리고 산책을 나오면 깜돌이를 뚫어져라 보는 사람들이 있었다. "어머 예쁘다. 얘는 품종이 뭐야?" 하고 물어보는 사람도 있었다. 뭐라고 대답해야 할지 몰라 우물쭈물할 때 콩짱이 이렇게 대답했다.

"저희도 몰라요."

더 이상한 질문도 있었다.

"아파트에서 키우니?"

그건 확실히 대답할 수 있었다. 얼쑤 아저씨는 오피스텔에서 살았다.

"오피스텔이요."

찌뿌둥한 표정이 돌아왔다. 이상했다.

비슷한 질문을 여러 번 받은 뒤에야 깜돌이가 몰티즈, 골든레트리버, 푸들, 포메라니안 같은 품종견이 아니라는 걸 알았다. 진짜 궁금해서 묻기보다는 품종견이 아니라고 비꼬는 것 같았다. 질문을 곱씹을수록 짜증이 났다. 깜돌이는 깜돌이였다.

이상한 말을 생각하며 산책 시간을 망칠 수 없었다. 깜돌이랑 있는 시간은 일분일초가 소중했다. 요사이 신나게 웃을 일이 없었는데 깜돌이랑 있다 보니 항상 웃을 수 있었다. 시원한 바람을 맞으며 달리고 뒤엉켜 놀 때면 시간이 얼마나 빨리 흐르는지 몰랐다.

깜돌이는 매번 산책 때마다 앞만 보고 달렸다. 집에 있는 시간이 많아서 밖에 나오면 정신을 못 차리나 싶었다. 깜돌이가 하고 싶은 건 뭐든지 해 주고 싶었다. 하지만 산책이 이어질수록 지치기도 하고 걱정도 들었다. 얼쑤 아저씨한테 잘할 수 있다고 큰소리를 땅땅 쳐 놓았는데, 이러다가 사고라도 나면 어쩌나 싶었다.

가장 힘이 들 때는 집으로 돌아갈 때였다. 깜돌이는 얌전히 있다가도 집 쪽으로 방향을 돌리면 무턱대고 멀리 달아나려고 했다. 줄을 당기는 게 미안해서 조금만 틈을 주면 있는 힘껏 내달렸다. 얼쑤 아저씨가 쪼끄마한 깜돌이한테 왜 그리 질질 끌려다녔는지 알 만했다.

깜돌이가 고집을 부릴 때면 식은땀이 줄줄 났다. 아무리 어르고 달래도 소용이 없었다. 애를 쓰면 쓸수록 깜돌이는 점점 더 막무가내였다. 그렇게 쩔쩔매며 깜돌이와 실랑이를 하고 있을 때였다.


삐로롱 삐로롱

뒤에서 경적 소리가 들렸다. 돌아보니 머리가 하얀 할머니가 보행기를 밀며 다가왔다. 한쪽으로 비키려는데 깜돌이가 갑자기 할머니 쪽으로 몸을 돌리더니 벌떡 일어서서 보행기에 발을 탁 올렸다. 숨이 턱 막혔다. 줄을 당겼지만 꼼짝하지 않았다. 보행기에 발을 올리고 뭐가 좋은지 꼬리까지 흔들며 왈왈왈 신나게 짖었다.

할머니는 놀라기보다 화가 난 것 같았다.

콩짱이 달려와 깜돌이를 보행기에서 떨어뜨렸다. 깜돌이는 기를 쓰며 다시 할머니 쪽으로 다가가려고 했다. 줄을 아무리 당겨도 소용이 없었다. 손이 벌벌 떨리고 눈앞이 노랬다. 콩짱이 다시금 깜돌이 앞을 막아서니까 뒷발로 서서 밀치기까지 했다.

깜돌이는 말을 안 듣고 할머니는 화가 난 얼굴로 서 있었다. 최대한 빨리 깜돌이를 막아야겠다 싶었다. 순식간이었다. 주먹으로 깜돌이 머리를 쥐어박고 말았다. '딱' 하는 소리가 들렸다.

깜돌이가 슬쩍 내 얼굴을 올려다보고는 꼬리를 내렸다. 깜돌이의 원망스러운 눈빛을 보니 번뜩 제정신이 돌아왔

다. 주먹을 쥔 손에 힘이 풀렸지만 이미 늦은 뒤였다. 마음이 엉망진창이 되었다. 얼굴이 화끈거리고 눈물이 핑 돌았다. 내가 아무 말도 못하고 고개를 푹 숙이자 할머니가 따뜻한 목소리로 말을 건넸다.

"아이고, 괜찮다. 괜찮아. 할미가 괜히 경적을 울려서 여러 사람을 놀라게 했구나."

"…."

눈물을 참느라 말을 할 수 없었다. 할머니가 내 등을 토닥였다.

"우리 멍멍이보다 꼬마 아가씨가 더 놀란 모양이네. 잠깐 여기 앉자. 자, 물도 마시고."

할머니와 함께 나무 의자에 앉았다. 부끄러워서 얼굴을 들 수가 없었다. 할머니는 가방에서 물을 꺼내 먼저 깜돌이한테 주었다. 나와 콩짱한테는 초콜릿을 주었다. 콩짱은 넙죽 잘도 받아먹었다. 나는 초콜릿 봉지만 만지작거렸다. 어디로라도 숨고 싶었다.

"와, 할머니는 맹물이 여자인 걸 금방 아시네요?"

흘낏 콩짱을 보니, 보통 때랑 똑같은 얼굴이었다. 마음이 조금 놓였다.

"그럼! 어디를 보나 여자아이인걸."

콩짱이 할머니에게 우리 이름을 알려 주었다. 맹물, 콩짱, 깜돌이. 할머니는 한 번만 들어도 절대 잊어버리지 않겠다고 했다. 할머니가 깜돌이 주인은 누구냐고 물었다.

"저희가 주인은 아니에요. 시간 날 때 산책시키고 있어요. 그래도 오늘 일은 모두 제 잘못이에요."

"괜찮아. 사과 받으려고 물은 건 아니란다. 잘못을 따지려는 건 더욱 아니고. 경적 소리를 듣고 달려든 이유가 있지 않을까 싶어서 그래. 나중에 주인한테 한번 물어보렴."

할머니는 가방에서 무언가 꺼내더니 손에 꼭 쥐고 깜돌이를 불렀다.

"깜돌이, 앉아!"

말이 떨어지자마자 깜돌이가 냉큼 앉았다. 한 번도 보지 못한 모습이었다. 할머니가 눈을 찡긋하며 손을 폈다. 손에는 아무것도 없었다. 할머니가 깔깔깔 웃었다. 따뜻한 봄바람 같은 웃음소리였다. 할머니가 왠지 달라 보였다.

"깜돌이한테 몇 가지 규칙을 알려 주면 어떨까? 안전한 산책을 위해서 말이다."

콩짱이 세차게 머리를 끄덕거렸다. 나도 콩짱이랑 같은 마음이었다.

"그런데 어떻게 해야 할지 모르겠어요."

할머니는 다음에 공원에서 만나서 알려 주겠다고 했다. 도와주고 싶다고 했다. 아니, 깜돌이를 또 만나고 싶다고.

"나도 개를 키웠단다. 이름이 코코였어. 같이 열아홉 해를 살았지. 코코가 무지개다리를 건넌 지 한참이 되었는데도 가끔 생각이 난단다. 먼저 떠난 영감보다 더 생각이 날 때도 있어, 하하하. 코코가 떠난 뒤에는 의리를 지키려고 다른 개를 키우지 않았단다. 그러다 보니 내가 너무 늙어 버렸지 뭐니. 공원에 나와서 사람들이 개랑 같이 가는 모습을 보면 얼마나 부러운지 모른단다. 샘이 나서 바라보기가 어려울 정도야."

깜돌이가 할머니 손을 핥았다. 깜돌이가 할머니를 좋아

한다면 문제가 될 게 없었다. 나도 모르게 할머니를 꼭 붙들었다.

"꼭 훈련 선생님이 되어 주세요! 꼭이요!"

할머니와 헤어지고 우리는 얼쑤 아저씨한테 경적 사건이랑 할머니 얘기를 털어놓았다. 얼쑤 아저씨가 깜돌이의 진짜 주인인 형한테 전화를 걸어 알아봐 주었다. 자전거 벨소리가 달리기 신호였다고 했다.

다음 날 할머니를 공원에서 만나 그 얘기를 전하니, 할머니는 그럴 줄 알았다고 했다.

"깜돌이는 똘똘한 개란다. 응석받이처럼 구는데 사실 똑똑해서 그래. 누울 자리를 보고 응석을 부린달까. 너희가 원래 주인이 아니니까 얕보는 마음도 있을 테고. 한번 아니다 싶으면 단호하게 해야 한단다. 그렇게 사람이 먼저 중심을 잡으면 개는 자연스레 따라올 거야."

얼마나 단호해야 하는지 감을 잡을 수 없었다. 할머니가 먼저 시범을 보여 주었다.

할머니가 일부러 경적을 울렸다. 아니나 다를까 깜돌이

가 신이 나서 달려들었다. 할머니는 돌아서서 모른 척을 했다. 깜돌이가 짖는 걸 멈췄다. 얌전해지면 간식을 주었다. 그러다가 또 경적을 울렸다. 깜돌이가 짖으면 할머니는 다시 모른 척을 했다. 어떻게 해야 할지 알 것 같았다. 우리는 깜돌이가 잊을 만하면 경적을 울리고 모른 척하기를 여러 번 반복했다.

할머니는 깜돌이가 마구잡이로 달릴 때면 따라 뛰지 말

라고 했다. 줄이 팽팽하게 당기는 느낌이 손바닥에 전해졌다. 마음 한쪽이 따끔따끔해져서 슬쩍 힘을 풀면 여지없이 끌려갔다. 콩짱이 훨씬 잘했다. 할머니는 나에게 눈을 마주치지 말고 돌아서라고 했다. 그렇게 하니까 깜돌이가 쉽게 차분해졌다.

　며칠에 걸쳐 연습하고 또 연습하니 정신없이 달리던 버릇도, 흥분해서 우리한테 달려들던 버릇도 고쳐졌다. 더욱

이 할머니 옆에서 걸을 때면 천천히 우아하게 걷기까지 했다. 할머니는 눈빛 하나로, 말 한 마디로, 깜돌이를 들었다 놨다 할 수 있었다. 할머니가 정말 멋져 보였다.

훈련이 끝나면 간식 시간이었다. 깜돌이는 먹는 건 뭐든 좋아했다. 콩짱이 부러운 듯 깜돌이를 보자 할머니는 우리 간식도 챙겨 주었다. 할머니 손가방에는 호박엿, 인절미, 감말랭이 같은 먹을거리가 늘 가득했다.

우리는 매일매일 만나 동네 여기저기를 쏘다녔다. 할머니는 걷기 편안한 길을 많이 알고 있었다. 함께 재래시장 구경도 가고 철쭉이 활짝 핀 동산에도 갔다. 우리는 나무 의자에 앉아 붉게 지는 노을을 같이 바라보았다.

"여기는 내가 가장 좋아하는 노을 명당이란다. 혼자 오다가 같이 오니 더 좋구나. 깜돌아, 고맙다! 맹물, 콩짱, 고맙다!"

"저희가 고마운걸요! 할머니를 만나서 깜돌이가 진짜 괜찮은 개가 된 것 같아요."

진짜 진짜 그랬다. 깜돌이는 진짜 괜찮은 개가 된 것 같앉고 나도 조금은 괜찮은 사람이 된 것 같았다. 깜돌이 머리를 쥐어박은 일은 두고두고 부끄러웠지만 두 번 다시 그렇게 하지 않을 자신이 있었다.

## 좋아하는 데 이유는 없어

"깜돌이 손!"

깜돌이가 척 손을 내밀었다. 간식 냄새를 맡게 하고 땅에 놓았다.

"기다려."

깜돌이는 뚫어져라 바라보면서도 꾹 참고 먹지 않았다.

"먹어."

깜돌이가 의젓해진 데에는 할머니표 간식이 큰 도움이되었다. 나도 재주를 하나씩 부려서 할머니 가방에 있는 맛

있는 간식을 얻어먹고 싶었다.

깜돌이한테 친구도 많이 생겼다. 해피, 메리, 쫑, 도리, 하늘이, 길순이. 이름만큼 생김도 성격도 다 달랐다. 깜돌이만큼 적극적인 개도 있고, 부끄러워하며 주인 뒤로 숨는 녀석도 있었다. 붙임성 많은 깜돌이는 언제나 먼저 다가갔다.

아주 가끔은 깜돌이를 싫어하는 사람도 있었다. 인형같이 꾸민 하얀 개를 데리고 나온 어떤 누나는 깜돌이가 다가가자 자기 개를 얼른 안아 버렸다. 그 누나랑 일 분도 밀을 섞고 싶지 않았다. 화를 꾹 참고 깜돌이를 불렀다.

"깜돌아. 이리 와."

내 쪽으로 오는 깜돌이는 해맑게 웃고 있었다. 맹물이 팔로 쿡 찔렀다. 너무 대놓고 째려본다는 거였다. 나는 속이 좁아서 어쩔 수 없다. 얼굴도 마음도 못 생긴 그 누나가 돌부리에 걸려 꽉 넘어지기를 바랐다.

점점 더워지는 날씨처럼 부글부글 열받을 일이 연이어 일어났다.

언덕 중턱에서 쉬고 있는데 콧노래 소리가 들렸다. 소리 나는 쪽으로 돌아보니 비탈길에서 한 아줌마가 내려오고 있었다. 펄럭이는 옷이며 팔을 휘휘 젓는 걸음새까지 한눈에 봐도 아주 신나고 기운차 보였다. 머리는 뽀글뽀글 파마머리였는데, 사자 갈퀴 같았다.

아줌마가 깜돌이를 보자 갑자기 "어머나!" 하며 돌고래 비명을 질렀다. 냉큼 옆에 와서는 귀엽다며 머리를 만지기 시작했다. 한 치의 망설임도 없었다.

"어머, 너 얼굴이 까맣네. 세수 안 해도 되겠네. 호호호."

깜돌이가 움찔 놀라 얼어붙었다. 잠시 뒤 깜돌이가 의젓하게 고개를 털었다. 싫다고 말하는 거였다. 눈치 없는 아줌마는 멈추지 않았다. 더 이상 참을 수 없었다.

"아줌마! 하지 마요."

뽀글 머리 아줌마는 뻔뻔하게 "그냥 너무 귀여워서…." 하며 웃었다. 은근슬쩍 넘어가려는 꿍꿍이였다.

'그냥이라니?'

갑자기 머릿속 뚜껑이 열렸다.

"그냥이 어딨어요! 아줌마는 모르는 사람이 아줌마 얼굴에 대해서 뭐라고 하면 좋아요? 그리고 그렇게 막 만지면 어떡해요!"

내가 느닷없이 빽 소리를 지르자 맹물이 놀란 토끼 눈으로 나를 바라보았다.

아줌마는 당황했는지 얼굴이 빨개졌다.

"아, 아, 미… 안… 미안하다. 난 진짜 예뻐서 그냥…."

할머니가 나섰다.

"콩짱, 괜찮아. 모르고 그런 거잖니."

할머니가 등을 두드려 주었다. 쉽게 마음이 가라앉지 않았다. 아줌마는 몇 번이나 미안하다고 하고는 자리를 떴다.

비탈을 다시 오르기 시작했다. 깜돌이는 역시 언제 무슨 일이 있었냐는 얼굴이었다. 마음이 좁아터진 나만 입이 쭉 나왔을 뿐이다. 깜돌이는 언덕 꼭대기에 가장 먼저 올라서서 신나게 꼬리를 흔들었다. 깜돌이는 괜찮은데 내 마음은 점점 배배 꼬여 갔다.

맹물 앞에서 못난 모습을 보였다고 생각하니 더욱 화가 났다. 이게 다 그 뽀글 머리 아줌마 때문이었다. 두 번 다시 그 아줌마를 보고 싶지 않았다. 그런데 신기하게도 아줌마가 더 자주 보였다. 뭔가 싸한 듯해서 둘러보면 어디선가 뽀글 머리 아줌마가 우리를 바라보고 있었다. 나도 모르게 저절로 눈이 치켜떠졌다. 너무 자주 보여서 이상할 정도였다. 우연이 아닐지 몰랐다. 나무 뒤에 몰래 숨었다가 뿅 나타나는 걸까, 아니면 따라다니는 걸까? 혹시 다른 속셈이 있나 싶었다. 어찌나 자주 마주치는지 깜돌이가 아줌마를 보면 꼬리를 흔들 정도였다. 맹물도 눈치를 챘다.

"그냥 씨, 오늘도 나왔네."

누구를 가리키는 말인지 금방 알 수 있었다.

'그냥 씨라니!'

잘 어울리는 별명이었지만 이번에는 맹물의 별명 짓기를 칭찬해 줄 마음이 눈곱만큼도 생기지 않았다.

맹물은 그냥 씨에게 눈짓으로 인사를 했다. 그냥 씨도 눈짓으로 인사를 했다. 나만 그냥 씨인지 저냥 씨인지를 봐도 못 본 척했다.

더욱이 나는 '그냥'이라는 말이 싫었다. 그 말만 들으면 짜증이 났다. 아빠 때문이다. 아빠한테 뭘 물어보면 대답이 늘 '그냥'이었다. "아빠, 저녁에 뭐 먹어?" 하고 물으면 "그냥 있는 거."라고 말했고, "주말에 놀러 가자." 하고 말하면 "밖에는 사람 많아. 그냥 집에 있자." 이런 식이었다. 뭐든다 그냥 그냥 넘어가는 식이다.

가만히 있어도 땀이 줄줄 나는 날이었다. 할머니랑 맹물은 한 발짝도 못 걷겠다고 했다. 산책 대신 나무 그늘에 앉아 바람이나 쐬기로 했다. 깜돌이도 땅바닥에 배를 깔고 누웠다.

더위를 식히며 부채질을 하고 있는데 깜돌이가 보이지 않았다. 언제부터 깜돌이가 안 보였는지 알 수 없었다. 불러도 대답이 없었다. 더욱 큰 소리로 불러 보았다.

한동안 주변을 서성였다. 풀숲에서 볼일을 보나 싶어서 풀숲을 헤쳐 보았다. 아무리 기다려도 나타나지 않았다. 헤어져서 찾아보기로 했다. 할머니는 공원 아래쪽, 맹물은 샛길, 나는 언덕 꼭대기까지 가 보기로 했다. 다 둘러보고 공원 입구에서 만나기로 했다. 나는 뛰기 시작했다.

"깜돌아, 깜돌아."

꼭대기까지 단숨에 올라갔다. 깜돌이는 어디에도 없었다. 언덕을 넘으면 새로운 동네였다. 반대편에서 올라오는 어른들에게 개를 봤냐고 물어보니까 다들 고개를 가로저었다. 입이 바짝바짝 탔다.

우선 할머니한테 가 보기로 했다. 어쩌면 할머니나 맹물이 깜돌이를 만났을지 몰랐다. 땀이 나서 머리가 축축하고 티셔츠가 달라붙었지만 신경 쓸 틈이 없었다. 멀리서도 안절부절못하며 서성이는 맹물이 보였다. 심장이 쿵쿵쿵 뛰었다. 맹물은 나를 보자마자 울음을 터뜨렸다.

"아무래도 얼쑤 총각한테 알려야겠다. 그사이 깜돌이가 집으로 갔을 수도 있고. 우선 통화를 하고 나서 찾아보도록 하자. 콩짱, 아빠한테 전화해서 도와달라고 할 수 있을까?"

시간이 없었다. 맹물이 할머니한테 얼쑤 아저씨 핸드폰 번호를 알려 주었다. 나는 나대로 아빠에게 전화를 걸었다.

그때, 샛길 쪽에서 왈왈 짖는 소리가 들렸다. 깜돌이였다. 반가워서 비명을 지를 뻔했다. 할머니와 맹물은 소리치며 달려가는데 나만 우뚝 멈춰 섰다. 깜돌이 뒤에 뽀글 머리 아줌마, 그냥 씨가 있었다.

그냥 씨는 깜돌이가 배드민턴장 뒤쪽 수풀에서 낯선 개

53

들과 어울리고 있었다고 했다. 그대로 두고 올 수 없어서 불러서 데려왔다고 했다. 할머니는 긴장이 풀어지니 다리에 힘이 빠진다고 했다. 맹물은 얼마나 울었는지 얼굴이 얼룩덜룩 말이 아니었다.

할머니를 부축하고 맹물을 다독이던 그냥 씨가 자기 가게가 멀지 않다고 잠깐 쉬었다 가라고 했다. 가게는 진짜 공원이랑 가까웠다. 그냥 씨가 입고 다니는 치렁치렁한 옷들이 쇼윈도에 줄줄이 걸려 있었다. 처음 보는 가게였는데 맹물은 "지나다니면서 자주 봤어요." 하며 아는 척을 했다.

그냥 씨는 가게 문을 열고 선풍기를 틀어 주었다. 깜돌이가 대놓고 에어컨 아래 앉았다. 그냥 씨가 에어컨도 틀어 주었다.

할머니는 한숨을 쉬며 깜돌이가 어떻게 감쪽같이 사라졌는지 모르겠다고 했다.

"동네 으슥한 곳이랑 공원 쪽에 유기견 몇 마리가 살더라고요. 깜돌이가 호기심이 많으니까 따라간 것 같아요."

맹물이 배꼽 인사를 했다.

"진짜 감사해요."

그냥 씨는 쑥스러워했다.

"그냥 산책하다 만난걸!"

맹물이 웃었다.

"제가 안 그래도 아줌마 별명을 그냥 씨라고 지었어요."

그냥 씨가 활짝 웃었다. 이가 열여섯 개쯤 보일 만큼 활짝이었다. 나는 쪼끔, 아주 쪼끔, 그냥 씨를 용서하기로 했다.

그냥 씨는 할머니와 맹물과 금방 친해져서 이런저런 얘기를 나눴다. 깜돌이는 꼬박꼬박 졸았고 나는 무슨 말을 해야 할지 몰라서 자는 척을 했다. 맹물은 옷들을 살펴보며 '와!' 하고 계속 감탄을 했다.

옷 가게는 작업실도 겸하고 있는데, 그냥 씨는 천연 염색, 디자인, 바느질까지 모든 걸 직접 한다고 했다. 천연염색은 천마다 색이 다르게 물이 들어 할 때마다 새롭다고 했다.

"가게에 처음 오셨으니 옷을 하나씩 선물하고 싶은데요. 염색하다 보면 망한 천들이 생기거든요. 그걸로 집에서 입을 여름 원피스를 만들었어요. 팔지는 못하고 친구들이나 아는 사람들한테 나눠 주는데 하나씩 골라 보세요."

할머니는 이렇게 귀한 걸 공짜로 받아도 되냐며, 이 옷 저 옷을 대보고 아이처럼 좋아했다. 맹물은 엄마 거 하나 자기 거 하나 골라도 되냐고 조심스럽게 묻기까지 했다.

눈을 감고 있는 나한테도 그냥 씨가 말을 걸었다.

"하나 골라 봐. 엄마 갖다 드려."

눈이 번쩍 뜨였다. 맹물이 슬쩍 내 눈치를 보았다. 할머니도 뭔가 눈치를 챈 것 같았다. 그냥 씨만 뭔지 모르겠다는 듯이 말갛게 바라보았다. 나는 일부러 심통 부리듯 말했다.

"아빠랑 엄마랑 이혼했어요. 저는 아빠랑 살고요."

그냥 씨는 꿀 먹은 벙어리가 되었다. 할머니가 가볍게 받아넘겼다.

"우리 둘째도 이혼했어."

그냥 씨가 어렵게 입을 뗐다.

"미, 미안해. 아, 친해지고 싶었는데. 매번 마음만 상하게 하네."

그냥 씨는 얼굴까지 빨개졌다. 내가 너무 심했나 싶었다.

"아니에요. 저도 아줌마인지 아닌지 모르면서 아줌마라고 불렀으니까요."

"아줌마가 아니긴 하지. 하지만 누나라고 불리기엔 또 너무 나이가 많기는 해."

"그럼 진짜 그냥 씨라고 불러도 돼요?"

그냥 씨가 "그으럼." 하면서 고개를 끄덕였다.

"다음에 또 놀러 와도 돼요?"

맹물이 그냥 씨에게 물었다.

깜돌이가 귀를 쫑긋 세웠다. 나도 깜돌이처럼 귀를 쫑긋 세웠다. 깜돌이만큼 티가 나지 않지만 말이다.

"그으럼. 얼마든지. 깜돌이랑 같이 오면 더 좋고! 깜돌이를 처음 본 순간 반했어. 깜돌이를 보고 싶은 마음에 공원에 자주 나갔으니까."

그냥 씨가 왜 그렇게 자주 보였는지 알 것 같았다. 나는 짓궂게 또 물었다.

"진짜요? 왜 좋아하는데요?"

그냥 씨는 눈을 동그랗게 뜨고 한참 생각했다.

"그냥! 핑계 같지만 진짜 그냥. 그냥이라는 말에는 쉽게 설명할 수 없는 마음이 차곡차곡 담겨 있어. 내가 말했지만 너무 멋진 말 같지 않니?"

그냥 씨는 엉뚱한 어른 같았다. 그런데 그냥 씨가 말하는 그냥을 자꾸 듣다 보니 진짜 다정하게 느껴졌다.

아빠가 '그냥'이라고 할 때마다 빙긋이 웃던 얼굴이 떠올랐다. 선풍기 바람이 시원했다. 땀이 마르면서 옷도 뽀송뽀송, 마음도 뽀송뽀송해졌다.

# 깜돌이와 보낸 하룻밤

더위 때문에 밤마다 잠을 설쳤는데 며칠 사이에 더위가
꺾였다. 여름에서 가을로 넘어오며 그냥 씨 가게가 아지트
가 되었다. 산책 끝에는 꼭 들러서 물을 마셨다. 그냥 씨는
늘 웃으며 우리를 반겨 주었다.

주말에도 자주 찾아갔다. 그냥 씨도 할머니도 혼자 살고
있는데 주말에 만날 사람이 생겼다고 좋아했다. 나는 아빠
랑 엄마가 병원에 가는 토요일이면 그냥 씨 가게에 갔다.
그때마다 깜돌이를 데려갔다. 조금이라도 더 깜돌이랑 붙어 있을 수 있어서 좋았다. 우리 중에 콩짱만 가게에 오래 있는 걸 힘들어했다. 가만히 있으면 온몸이 간지럽다고 두 손 두 발을 들고 떨어져 나갔다.

어느 토요일 아침, 깜돌이를 데리고 일찌감치 그냥 씨 가게를 찾았다. 그사이 그냥 씨는 우리 집 사정이며, 깜돌이와 얼쑤 아저씨네 사정, 콩짱네 사정까지 훤히 알게 되었다. 그냥 씨가 먼저 알은체를 해 주었다.

"아빠랑 엄마랑 병원 가셨어?"

"이번이 마지막 항암이래요."

짤랑, 문이 열리고 할머니가 들어섰다.

할머니는 오자마자 가방에서 옥수수를 꺼냈다. 아침 겸 점심을 먹은 지 얼마 되지 않아 배고프지 않았다. 깜돌이만 옥수수에 관심을 보였다. 할머니는 옥수수 알을 바르고 옥수수 속대를 깜돌이에게 건넸다.

할머니는 분홍색 봄 외투를 만들고 있었다. 나이가 드니까 화사한 옷을 입어 보고 싶다고 했다. 종이에 디자인한

옷 모양을 그리는 데도 한참 걸렸다. 중간중간 그냥 씨가 잘하고 있는지 봐 주었다. 아주 잠깐 사이에도 그냥 씨는 귀신같이 잘못된 점을 찾아냈다.

그냥 씨가 할머니 옷 선생님이라면, 할머니는 내 뜨개질 선생님이었다. 할머니에게 안뜨기와 바깥뜨기를 배웠다. 엄마한테 목도리를 선물하고 싶었다.

할머니도 나도 그냥 씨도 하고 싶은 일을 하면서 조용히 함께 있는 시간이 정말 편안했다. 입이 심심하면 접시에 담긴 옥수수를 한 알씩 집어먹었다.

옥수수 한 알이 내 몸에 들어가는 것처럼 엄마 몸으로 한 방울 한 방울 항암제가 들어가고 있겠지 싶었다. 엄마가 나으면 엄마 아빠랑 함께 느긋한 주말을 보내고 싶었다. 청소하고, 텔레비전 보고, 책 읽고, 맛있는 것도 해 먹는, 대단하지 않지만 평범한 주말 말이다.

핸드폰이 울렸다. 아빠였다. 아빠 목소리에 기운이 하나도 없었다. 엄마가 병원에 며칠 있어야 할 것 같다고 했다. 엄마가 어지러워하며 푹 주저앉았다고 했다. 그 말을 들으

니 나도 힘이 쭉 빠졌다.

내가 울먹이자 할머니가 전화를 받았다.

"맹물 아빠, 걱정하지 마요. 나랑 같이 있으면 된다오. 맹
물 엄마나 잘 살펴 주고 천천히 와요."

나는 그만 울음을 터뜨렸다. 평범한 주말이 다시는 오지
않을까 봐 겁이 덜컥 났다. 할머니가 내 등을 쓸어 주었다.

"아픈 게 아니라 힘들어서 쉬는 거래. 더위 나랴 병 이기
랴 힘들었겠지. 이제 날도 선선해졌으니 엄마도 기운 차릴
거야. 맹물, 우리 밥해 먹을까? 할머니 집에서!"

그냥 씨가 좋다고 만세를 불렀다.

할머니는 속상할 때일수록 정성스럽게 잘 먹어야 한다고
했다. 당장 마트에 가서 먹거리를 사자고 했다.

마트 앞에는 콩짱이 서 있었다. 할머니한테 연락을 받고
바로 나왔다고 했다. 콩짱을 보니까 또 눈물이 났다. 마음
이 약해질까 봐, 아무 말도 하지 않았다. 할머니와 그냥 씨
가 마트로 들어가고 우리는 깜돌이를 데리고 밖에서 기다
렸다.

콩짱이 힐끔 나를 쳐다보았다.

"눈물 날까 봐서 입 꼭 다물고 있어?"

멋쩍어서 딴 곳을 보았다. 콩짱이 히히 웃으며 말했다.

"입 나온 개구리 같아."

콩짱 등을 손바닥으로 찰싹 후려쳤다. 콩짱이 아프다며 팔짝팔짝 뛰었다. 콩짱이 다른 때보다 명랑한 척하는 게 느껴졌다. 잠깐 가만 있나 싶더니 목 뒤를 손가락으로 콕콕 찍으며 "어느 손가락?" 하고 장난을 걸었다. 유치한 장난 좀 그만두라고 말하려는데, 짧고 꼬물거리는 손가락을 보고 있으니 슬그머니 어느 손가락일까 궁금해졌다. 나는 번번이 틀리고, 콩짱은 번번이 잘도 맞혔다.

마트에서 할머니가 나오자 콩짱이 얼른 달려가 짐을 받았다.

"맹물, 너는 깜돌이 잘 잡아."

'어쭈, 오빠인 척까지.'

씩씩한 척하는 콩짱 때문에 정신은 없지만 기운이 나고 슬며시 웃음도 났다.

할머니, 그냥 씨, 콩짱이 부엌에서 요리하는 사이, 나는 깜돌이를 껴안고 소파에 앉아 있었다. 다들 나한테는 아무 일도 시키지 않았다. 깜돌이는 내 기분을 아는지 배 위에서 꼼짝하지 않았다. 깜돌이 덕분에 배가 뜨뜻해졌다. 슬슬 배가 고팠고 슬슬 졸렸다.

금세 맛있는 냄새가 진동했다. 때맞춰 얼쑤 아저씨가 깜돌이 사료를 들고 들어왔다. 깜돌이가 반갑게 꼬리를 흔들었다. 얼쑤 아저씨는 자기를 보고 반가워하는 거라고 하고, 콩짱은 사료 때문이라고 했다. 서로 맞다며 한참 입씨름을 했다.

그냥 씨랑 얼쑤 아저씨는 처음 보는 사이였다.

"깜돌이를 잘 돌봐 주신다고요. 인사가 늦었습니다."

예의를 차린 어른들의 대화는 어딘지 간지러웠다.

"저야말로 인사가 늦었네요. 제가 깜돌이를 돌보는 게 아니라, 깜돌이가 저를 돌보고 있어요. 깜돌이 덕분에 정말 많이 웃거든요."

얼쑤 아저씨가 "그런가요?" 하면서 머리를 긁적였다.

된장찌개, 고등어조림, 감자볶음, 계란말이. 밥상에서 따뜻한 김이 났다.

할머니는 밥을 가득 퍼 주었다. 다 먹을 수 있을까 싶었는데 한술 한술 먹다 보니 바닥이 보였다. 콩짱은 한 공기를 더 먹었다.

한참 밥을 먹고 있는데 엄마한테서 문자가 왔다.

우리 딸, 밥 먹었어?

같이 둘러앉은 모습을 사진으로 찍어 보냈다. 그냥 씨가 숟가락을 들고 있는 내 모습도 찍어 주었다. 답장이 금세 왔다.

할머니께 너무 감사하다. 맛있게 먹어. 엄마도 밥 먹는다!

이번에는 눈물이 나오지 않았다. 할머니 말대로 속이 든든하니 마음도 단단해진 것 같았다.

얼쑤 아저씨는 엄마 소식을 듣더니 항암 할 때, 그런 일이 종종 있다고 했다. 체력이 떨어지면 항암을 쉬기도 한다고. 그냥 씨는 믿을 만한 요양 병원을 알려 주었다. 할머니는 할아버지가 있었던 수도원도 꽤 좋았다고 했다. 다들 가족 가운데 암 환자가 한둘은 있어서 아는 게 많았다. 콩짱이 거들었다.

"당분간 아줌마는 푹 쉬셔야 할 것 같아."

안 그래도 아빠가 늘 하던 말이었다. 아빠는 엄마가 어디 공기 좋은 곳에 가서 한두 달 있다 오면 좋겠다고 했다. 엄마랑 떨어지기는 정말 싫었지만 견뎌 낼 수 있을 것 같았다. 깜돌이도 있고 콩짱도 있고 할머니, 그냥 씨, 얼쑤 아저씨까지 함께 있으니 힘이 났다.

저녁을 먹은 뒤 깜돌이가 낑낑거렸다. 볼일을 보고 싶은 것 같아서 마당으로 나왔다.

로로로로 쓰로로로

귀뚜라미 우는 소리가 들렸다.

어느새 따라 나온 콩짱이 무릎 담요를 건넸다. 콩짱은 너무 많이 먹었다며 콩콩콩 뛰었다. 적당히 좀 먹지, 하고 핀잔을 주려는데 콩짱이 한숨을 쉬었다.

"나도 마음이 좀 엉망진창이야. 엄마한테서 연락이 왔거든."

콩짱한테 처음으로 듣는 아줌마 얘기였다. 콩짱은 다시 한번 땅이 꺼져라 한숨을 쉬었다. 콩짱 얼굴이 어두웠다. 낮에 콩짱이 왜 그리 장난을 쳤는지 알 것 같았다. 이번에는 내가 어떻게든 콩짱을 웃게 하고 싶었다.

"엄마가 나를 보고 싶다는데…. 괜히 심술이 나. 아침에는 보고 싶다가 밤에는 보고 싶지 않다가. 막 마음이 왔다 갔다 해."

"난 벌써부터 엄마가 옆에 없다고 생각하면 기운이 쭉 빠지는걸. 엄마가 왜 안 보고 싶은데?"

"보고야 싶지. 그런데 보고 오면 매일매일 생각날 테고 그러면 더 힘들까 봐."

우리는 밤하늘을 쳐다보았다. 반짝반짝, 별들이 여린 빛을 내며 반짝였다.

아무렇지 않은 척했지만 그동안 콩짱 마음이 얼마나 허전했을까. 상상조차 되지 않았다. 말을 건넬 수도 장난을 칠 수도 없었다. 어색하게 웃음을 지어 보았다. 콩짱도 빙긋이 웃어 주었다.

모두 집에 가려는데 깜돌이가 할머니 집에서 나가지 않으려고 버텼다. 얼쑤 아저씨가 억지로 끌고 가려니까 탁자 아래로 들어가 버렸다. 마치 오늘은 내 곁에서 절대 떨어지지 않을 것처럼 굴었다. 나도 깜돌이를 보내기 싫어서 온몸이 배배 꼬였다.

할머니가 나섰다.

"깜돌이도 우리 집에서 하룻밤 재우지 뭐. 얼쑤 총각, 내

일 내가 데려다줄게."

깜돌이가 남는다고 하니 콩짱도 남겠다고 했다. 하지만 콩짱네 아빠가 허락하지 않았다. 콩짱은 심통이 나서 입을 쪽 내밀었다. 얼쑤 아저씨가 "입! 입!" 하고 놀렸지만 툭 튀어나온 개구리 입은 좀처럼 들어가지 않았다.

모두가 돌아가고 할머니가 안방에 요와 이불을 깔아 주었다. 깜돌이랑 같이 뉴스도 보고 드라마도 보았다. 아무렇지 않은 척했지만 텔레비전을 보는 내내 눈과 귀는 현관문을 향했다. 할머니가 토닥토닥 등을 두드려 주었다.

"걱정하지 마라. 아빠도 엄마가 자는 거 보고 오려나 보다. 자고 일어나면 아빠가 와 있을 거다."

깜빡 잠이 들었다가 아빠 목소리에 화들짝 일어났다. 시계를 보니 12시가 훌쩍 넘어 있었다. 깜돌이가 할짝할짝 물 마시는 소리가 들렸다. 아빠에게 달려가 안겼다. 아빠는 하루 사이에 얼굴이 반쪽이 되었다.

할머니는 언제 준비했는지 보따리를 건넸다.

"죽 좀 쒔어요. 애 엄마 챙겨 줘요. 부탁할 거 있으면 뭐든 얘기해요. 어려워 말고."

아빠 코가 빨개졌다.

할머니와 깜돌이한테 인사를 하고 집을 나섰다. 깜돌이
는 의젓하게 할머니 곁을 지켰다.

밤공기가 찼다. 아빠가 점퍼를 벗어 주었다. 이불처럼 커
다랬다.

"근데 왜 할머니가 은영이를 맹물이라고 불러?"

"내 별명이야. 싱겁고 눈물이 많다는 뜻이야."

집에 가는 길, 아빠와 나는 손을 꼭 잡았다. 아빠가 손등으로 콧물을 쓱 닦았다.

"나는 맹물. 아빠는 콧물."

아빠가 큰 소리로 웃었다.

"엄마한테 공기 좋은 데 가서 쉬고 오라고 얘기할래."

"우리 맹물, 진짜 많이 컸구나."

아빠는 또 콧물을 흘렸다.

## 잊지 못할 한강 산책

그냥 씨 가게에서 몸 치수를 쟀다. 그냥 씨가 부득부득 옷을 해 준다고 했다. 할머니는 신발을 사 준다고 했다. 이 모든 일이 엄마한테 연락이 왔다고 말한 뒤에 일어났다. 맹물한테 속을 터놓고 나니 할머니와 그냥 씨한테도 속 얘기가 술술 나왔다.

엄마를 만나는 날이 다가올수록 별별 걱정이 들었다. 엄마가 나를 못 알아보면 어떡할까. 아니면 내가 엄마를 못 알아보면 어떡할까. 만나면 무슨 얘기를 해야 할까. 머리를 쥐어짜도 답이 없었다. 맹물이 코웃음을 쳤다.

"콩짱이 걱정을 다 하고. 해가 서쪽에서 뜨겠네."

맹물은 뭘 그런 걸 걱정하냐고 구박을 했지만 한 번 든 걱정은 사라지지 않았다. 선생님한테 불려가는 일처럼 두렵고 떨렸다. 보다 못한 맹물이 기똥찬 생각을 해 냈다.

"깜돌이랑 같이 가면 어때?"

그냥 씨도 할머니도 좋다고 박수를 쳤다. 그냥 씨는 깜돌이를 데리고 산책할 수 있게 한강 공원에서 만나면 어떻겠냐고 했다. 그냥 씨가 한강까지 데려다주겠다고 했다.


드디어 엄마를 만나는 날이 되었다. 모두 그냥 씨 가게에 모였다. 흰 티셔츠에 멜빵바지를 입고 노란색 점퍼를 걸쳤다. 거울 속 내 모습이 낯설었다. 차려입은 티가 너무 났다. 맹물은 중학생처럼 보인다고 했다. 할머니가 사 준 하얀색 운동화까지 신으니 진짜 딴사람 같았다.

'엄마가 진짜 날 못 알아보면 어떡하지.'

그 얘기를 했더니, 맹물, 할머니, 그냥 씨가 입을 모아 바

보라고 했다. 바보가 되어도 좋으니 엄마가 한눈에 나를 알
아보기만을 바랐다.

맹물이 잘 갔다 오라고 손을 흔들어 주었다.

차에 타니 깜돌이는 창밖으로 고개를 내밀고 싶어서 왕
왕 짖었다. 창문을 열어 주지 않자 창에 바짝 붙어 지나가
는 풍경을 쳐다보았다.

나는 멀미가 날 것 같았다. 너무 마음을 졸였는지 머리도

아팠다. 깜돌이 핑계를 대고 창문을 살짝 열어 달라고 했다. 유리창 틈에 코를 댔다. 살 것 같았다.

그냥 씨는 나랑 깜돌이가 코를 쳐들고 있는 모습이 너무 똑같다며 혼자 보기 아깝다고 깔깔깔 웃었다. 언제나 유쾌한 그냥 씨의 웃음소리가 긴장을 조금 풀어 주었다. 그냥 씨는 우리를 내려 주고 쏜살같이 사라졌다. 미술관에 다녀온다고 했다.

강바람을 맞으니 다시금 스멀스멀 걱정이 들었다. 속이 울렁거리고 손바닥에서 식은땀이 났다. 최대한 아무렇지 않은 척, 유람선 선착장 근처로 천천히 걸어갔다. 매표소 앞이 약속 장소였다.

수많은 사람 속에 딱 한 사람이 도드라져 보였다. 내가 진짜 바보가 맞구나 싶었다. 엄마는 나를, 나는 엄마를, 한눈에 알아보았다.

엄마를 보자 발이 땅바닥에 달라붙었다. 앞서 걷던 깜돌이가 돌아보았다. 깜돌이가 머뭇거리는 나를 잡아끌어서 조금씩 엄마에게 다가갈 수 있었다. 꿈에서라도 듣고 싶던 엄마 목소리가 들렸다.

"아들, 잘 있었어? 너무 커서 몰라보겠는데."

엄마가 코앞이었다. 엄마가 허리를 굽히고 나를 향해 팔을 벌렸다. 당장 달려가고 싶은데 눈물이 날 것 같았다. 엄마를 똑바로 볼 용기도 없고, 안 볼 용기도 없었다. 눈앞이 깜깜했다. 잠깐 어쩔 줄 몰라 하는데 깜돌이가 다시 나를 잡아당겼다. 엄마가 나를 꼬옥 안았다.

우리는 누가 먼저랄 것도 없이 슬그머니 눈물을 닦고 어색하게 웃었다. 시간이 멈춘 것 같았다.

이번에도 깜돌이 덕분에 정신을 차릴 수 있었다. 깜돌이가 걷자고 꼬리를 흔들었고 우리는 천천히 걷기 시작했다. 엄마가 깜돌이한테 관심을 보였다.

"은우가 키우는 개니?"

바로 대답이 나오지 않았다. 은우라고 불리니까 왠지 어색했다. 요새는 아빠도 나를 콩짱이라고 불렀다.

"동네 아저씨가 키우는 개야. 맹물이랑 같이 시간 날 때마다 산책을 시켜 줘."

"맹물?"

엄마가 아는 맹물의 이름은 은영이다. 우리가 서로한테 붙여 준 별명이 맹물이랑 콩짱이라고 하니까, 뜻을 듣지 않고도 정말 딱 맞는 별명이라고 했다.

산책길 옆으로 넓은 잔디가 나왔다. 땅을 밟자 깜돌이는 신이 나서 꼬리를 살랑살랑 흔들었다. 쿵쿵거리며 즐겁게 나다녔다. 깜돌이를 기다릴 겸 의자에 앉았다.

엄마는 커다란 천 가방에서 샌드위치를 꺼냈다.

"은우 생각하며 만들었어. 하나 먹을래?"

나는 속이 여전히 부대꼈다. 괜히 먹었다가 체할 것 같아 고개를 저었다. 엄마가 일부러 싸 왔는데 미안했다.

"이따가 먹을게. 집에 가서. 지금은 속이 별로야."

엄마가 손을 잡아 주었다.

"손이 차네. 아침에 뭐 먹었는데?"

엄마가 조물조물 손을 만져 주고 등도 쓱쓱 쓸어 주었다. 엄마한테 손을 맡기고 있으려니 엄마랑 살던 때로 돌아간 듯했다. 꼬마 때로 말이다.

엄마는 이것저것 묻고 싶은 게 많은데 말이 안 나온다고 했다. 나 역시 엄마한테 묻고 싶은 게 많았지만 입이 떨어지지 않았다. 말이 끊기고 어색할 때마다 애꿎은 깜돌이를 불렀다.

"깜돌아, 이리 와."

엄마는 그런 나를 물끄러미 바라보았다.

"예전에는 개 무서워했잖아! 산에서 개를 키웠니?"

갑자기 숨이 막혔다. 이제야 진짜 엄마 같았다. 엄마는 내 얼굴만 보고도, 열이 난 건지 그냥 심통이 난 건지 알아맞히곤 했다.

"응, 누렁이 키웠어. 이름이 탱이야."

탱이 이름을 부르는데 목소리가 가늘게 떨렸다.

"엄마한테 탱이 얘기 해 줄 수 있어?"

엄마한테 탱이 얘기를 하게 될 줄은 몰랐다. 탱이를 떠올리니 목이 콱 메였다.

"탱이는 유기견이었어. 산에 간 해에 데려와서 여기 올 때까지 같이 살았어. 커다란 누렁이였는데 집에 데려온 첫

날부터 툇마루 밑을 좋아했어. 잘 때도 툇마루 밑에서 잤어. 겨울이면 툇마루 밖으로 비닐 천막을 치고, 잠자리를 봐주었지. 언제나 아침이면 탱이는 내가 나오길 기다리며 문만 바라보고 있었어. 진짜 늘 나만 바라보고 있었어."

엄마는 여전히 내 손을 만져 주며 귀를 기울였다. 나는 탱이가 얼마나 귀엽게 생겼는지, 눈곱은 얼마나 자주 꼈는지, 셔틀버스 타고 학교에 갔다 오면 어떻게 기다리고 있었는지, 시시콜콜한 얘기를 종알종알 늘어놓았다. 이야기를 하다 보니 마지막 얘기를 안 할 수 없었다.

"탱이는 서울로 오기 전, 지난겨울에 무지개다리를 건넜어. 하루는 새벽녘에 탱이가 엄청나게 낑낑거리는 거야. 밖에 나가서 볼일 보고 싶은 줄 알고 문을 열어 주었지. 그런 뒤 탱이는 그 새벽에 산짐승에게 물려 죽었어. 난 그것도 모르고 늦잠을 잤고."

탱이가 나 때문에 죽은 것 같았다. 바로 자지 말고 탱이를 다시 불렀더라면 그런 일은 없었을 거다. 아빠는 탱이 일을 두고 아무 말도 하지 않았다. 왜 새벽녘에 내보냈냐고 묻지도 않았다. 걱정스러운 얼굴로, 절대 산에 혼자 가지 말라고 무섭게 말할 뿐이었다.

툇마루를 밟을 때면 탱이가 고개를 쏙 내밀 것 같아 가슴이 찌릿찌릿했다. 툇마루를 밟기 싫어서 일부러 부엌 쪽으로 난 뒷문으로 드나들었다.

탱이가 없는 집에서 겨울을 나며 말수가 점점 줄어들었다. 말을 걸 친구가 없기도 했지만 누구하고도 말하고 싶지 않았다. 내가 점점 방에만 처박혀 있자 아빠가 먼저 원래 살던 곳으로 돌아가자고 했다. 맹물도 있고, 다른 친구들도 있는 동네로. 탱이를 만나기 전 그렇게 돌아가고 싶었던 곳으로 말이다.

이야기를 터놓고 나니, 눈물이 차올랐다. 모든 게 어제 일처럼 생생했다. 엄마가 꼭 안아 주었다. 엄마 눈에도 눈물이 맺혔다.

"엄마가 없는 동안 탱이가 우리 은우를 지켜 주었구나. 정말 고마운 친구네."

"지금은 깜돌이가 옆에 있어. 맹물도 있고."

나도 엄마한테 꼭 묻고 싶은 한 가지를 물었다.

"엄마 옆에는 누가 있어?"

이번에는 엄마 목소리가 떨렸다.

"우리 은우가 있지. 떨어져 있을 때도 엄마 곁에는 늘 은
우가 있었어. 연락 못해서 미안해. 엄마, 얼마 전에 샌드위
치 가게도 열었어. 가게에 놀러 와. 자고 가도 돼."

엄마는 천 가방을 열어 보였다. 가방은 샌드위치로 꽉 차 있었다.

"친구들이랑 나눠 먹어."

우리는 왔던 방향으로 다시 걷기 시작했다. 서쪽 하늘이 붉었다. 돌아오는 길에는 얘기가 술술 나왔다. 나는 깜돌이가 어쩌면 올겨울에 원래 주인한테 돌아갈지 모른다고 얘기했다. 얼쑤 아저씨 얘기도 하고 할머니 얘기도 하고 그냥 씨 얘기도 했다. 맹물네 아줌마가 아프다는 얘기를 할까 말까 하다가 말하지 않았다. 언젠가 엄마가 아줌마한테 직접 듣겠지 싶었다.

아까는 보이지 않던 나무들이 눈에 들어왔다. 갈색으로 물든 플라타너스 잎들이 바람에 따라 흔들렸다. 노란 은행잎은 햇빛에 반짝였다. 엄마 손을 꼭 잡았다. 늦가을도 이렇게 예쁜 계절이구나 싶었다.

그냥 씨가 벌써 와서 주차장에서 기다리고 있었다. 그냥 씨에게 "우리 엄마야!"라고 말하는데 왠지 모르게 가슴이 뻐근했다.

차에 타기 전에 엄마가 나를 꼭 안아 주었다. 엄마 품은 따뜻했다. 깜돌이가 왕왕 짖었다. 자기도 안아 달라는 것 같았다. 엄마는 깜돌이를 꼭 안아 주었다.

"깜돌아, 우리 콩짱 잘 부탁한다!"

# 깜돌이와 헤어지고

해가 쨍하게 난 날, 요양 병원에 있던 엄마가 돌아왔다.
집에 돌아온 기념으로 내가 짠 목도리를 선물했다. 목도리
를 두른 엄마 얼굴은 해님처럼 빛났다.

종일 엄마 곁에 딱 붙어 있었다. 엄마는 내 얘기를 듣고
또 들어 주었다. 밥을 먹을 때 엄마가 맞은편에 앉아 있으
니까 밥이 맛있었다. 엄마는 항암을 끝내고 숲에서 좋은 공
기를 마셨더니 기운이 넘친다고 했다. 엄마는 곧 있을 검진
만 잘 넘기면 하고 싶은 것은 다 하자고 했다. 우리는 봄에

하고 싶은 일을 하나씩 읊었다.

엄마가 집에 있어서 좋았고 그다음으로는 깜돌이와 실컷 시간을 보낼 수 있어서 좋았다. 겨울 방학도 했겠다, 시간도 많겠다, 콩짱이랑 깜돌이랑 온 동네를 쏘다녔다. 콩짱은 겨울 방학이 시작하자마자 눈이 언제 올까, 만날 눈 타령이었다.

"깜돌이도 눈 오면 좋아할 거야. 눈 오는 날, 실컷 놀자. 산에 살 때는 눈이 정말 많이 왔거든. 쌓이면 잘 녹지도 않았어."

눈은 쉽게 오지 않았다.

얼쑤 아저씨도 산책에 끼었다. 아저씨는 그사이 선생님이 되는 시험을 치르고 발표를 기다리고 있었다. 가만히 집에만 있으면 걱정만 더 한다며 집에 일찍 들어가지 않으려고 했다. 얼마나 밖에만 있으려는지 깜돌이가 지쳐서 집으로 잡아끌 정도였다.

해 질 녘, 아저씨는 할머니와 그냥 씨를 불러서 다 같이 콩짱네 치킨 집에 가기도 했다. 얼마나 자주 갔으면 콩짱네 아빠가 한구석에 깜돌이 전용 깔개를 마련해 줄 정도였다. 깜돌이는 따뜻한 곳에서 몸을 녹이고 사료를 먹었다.

웃음이 끊이지 않았다. 서로 얼굴만 쳐다봐도 웃음이 터졌다. 그냥 씨는 치킨을 먹다가 누가 시키지 않았는데 벌떡 일어나서 '빠로레 빠로레 빠로레' 하는 노래를 불렀다. 내가 어깨를 으쓱하니까 할머니가 프랑스 노래라고 알려 주었다. 중얼중얼 읊어 대는 이상한 노래라고 생각했는데, '빠로레'의 뜻이 '말'이라고 했다. 말도 안 되게 웃겼다. 더욱이 그냥 씨가 노래할 때면 깜돌이는 자리를 피했다. 키득거리고 있을 때 얼쑤 아저씨의 핸드폰이 울렸다.

아저씨가 "어, 형!" 하면서 전화를 받았다. 얼쑤 아저씨 목소리가 점점 작아지더니 얼굴이 어두워졌다. 콩짱이 무슨 일이냐고 빨리 털어놓으라고 재촉했다.

얼쑤 아저씨의 형, 그러니까 쌍둥이 아빠가 아기들이 제법 컸다며 마침내 깜돌이를 데려갈 수 있다고, 조만간 날을 잡자고 연락해 온 거라고 했다.

'쿵' 하고 심장이 떨어졌다. 믿을 수 없었다. 아쉬움에 다들 말을 잇지 못했다. 깜돌이가 갑자기 말이 없어진 우리를 보며 꼬리를 흔들었다. '다들 왜 그래?' 하고 묻는 얼굴이었다. 깜돌이를 꼬옥 안았다. 깜돌이를 보내기가 싫었다. 하지만 깜돌이를 생각하면 보내야 했다.

깜돌이가 떠나는 날은 성큼성큼 다가왔다. 우리는 그사이 치킨 집에서, 할머니네 집에서, 그냥 씨 가게에서, 얼쑤 아저씨네 오피스텔에서 자주 만났다. 좋아하는 텔레비전 프로그램을 함께 보며 수다를 떨었다. 깜돌이와 함께하는 모든 순간이 소중했다.


헤어지는 날, 모두 얼쑤 아저씨네 오피스텔 앞에서 모이기로 했다. 집을 나서는데 온 세상이 하얬다.

"눈이다, 눈!"

콩짱은 나를 보자마자 작은 눈뭉치를 던졌다. 오피스텔 앞에 가니 할머니와 그냥 씨도 벌써 와 있었다.

깜돌이 주변에 낯선 이들이 보였다. 아장아장 걷고 있는 쌍둥이와 아저씨, 아줌마였다. 한눈에 봐도 쌍둥이 아빠는 얼쑤 아저씨와 닮은꼴이었다. 눈가에 주름이 자글자글한, 웃는 얼굴이 보기 좋은 아저씨였다. 깜돌이는 그 아저씨 옆을 뱅뱅 돌며 발을 들어 톡톡 건드렸다. 깜돌이가 누군가에게 애교를 부리는 모습을 처음 보았다.

깜돌이가 우리를 보고 컹컹 짖으며 다가왔다.

가장 먼저 콩짱이 깜돌이를 안았다.

"우리 또 만날 거야. 그치?"

콩짱은 깜돌이 가족들한테 너스레를 떨었다.

"활동량 엄청 많은 녀석인 거 아시죠? 산책 자주 시켜 주셔야 해요. 그리고 제가 나중에 버스 타고 전철 타고 기차 타고 비행기 타고 어디든지 갈 수 있을 때 한번 찾아가도 되죠?"

얼쑤 아저씨와 닮은꼴인 쌍둥이 아빠가 언제든 와도 괜찮다고 했다. 그리고 그리 멀지 않다고 했다. 버스 한 번 타면 금방 갈 수 있다고.

할머니는 다른 날과 똑같이 깜돌이를 안았다. 말린 대추, 바나나 칩, 감말랭이를 선물로 건넸다. 그냥 씨는 강아지

방석을 선물했다. 따뜻한 방석에서 겨울 잘 보내고 건강하라고 인사를 전했다.

내 차례였다. 무릎을 꿇고 깜돌이와 눈을 마주쳤다. 웃으면서 보내 주고 싶었는데 눈물이 또르르 흘렀다. 깜돌이가 내 뺨을 핥았다. 가방에서 선물을 꺼냈다. 아빠랑 같이 애견 용품 가게에서 미리 사 둔 산책 줄이었다. 목에 채우는 게 아니라 어깨와 가슴을 묶는 줄이었다. 다른 개들이 하는 걸 보니, 편하고 좋아 보였다. 산책 줄을 채워 주니 깜돌이가 꼬리를 흔들었다.

우리는 다 같이 공원을 한 바퀴 돌았다. 봄부터 겨울까지 수도 없이 오르내린 언덕에도 올랐다. 눈이 내린 하얀 길에 발자국을 톡톡 찍었다. 콩짱이 눈을 뭉쳐 깜돌이에게 던졌다. 깜돌이는 콩짱을 쫓으며 즐거워했다. 눈싸움은 꽤 오래 이어졌다. 얼쑤 아저씨가 말리지 않았다면 종일 할 기세였다.

콩짱은 깜돌이랑 눈싸움까지 해서 소원은 다 풀었다고 먼저 자리를 떴다. 웃고 있지만 집에 가는 길에 혼자 훌쩍

일 게 뻔했다.

깜돌이가 쌍둥이네 차를 타고 떠났다.

그냥 씨는 가게에 가서 몸을 녹이고 놀다 가라고 했지만 내키지 않았다. 그냥 씨 가게에 가면 깜돌이가 누워 있던 자리가 눈에 밟힐 것 같았다.


깜돌이가 가고 나니 집 밖에 나가기 싫었다. 어디를 가도 깜돌이가 떠올랐다. 그리고 무엇보다도 엄마 옆에 있어야만 할 것 같았다. 며칠 전 우연히 아빠랑 엄마가 하는 말을 듣게 되었다. 그 말이 귓가에 남아 나를 꽁꽁 휘감았다. 검사 결과가 안 좋으면 더 독한 항암이 이어질 거라고 했다. 더 이상 수술은 못 할 테고, 얼마나 독한 항암일지 엄마는 상상도 못 하겠다고 했다. 미리 걱정하지 말자고 말하는 아빠 목소리도 가늘게 떨렸다.

산책 시간이 되면 어김없이 콩짱에게 전화가 왔다. 콩짱이 이렇게 부지런한 애였나 싶었다. 매일매일 하자는 일도 바뀌었다. 스케이트 타러 가자, 할머니 집에 가서 떡볶이

해 달라고 하자, 노을 구경 가자, 심지어 도서관에 가자고
도 했다. 선뜻 나갈 수 없어서 매번 핑계를 댔다.

집에 있다 보니 마음이 더 더 더 무거워져 갔다. 콩짱이
랑 깜돌이랑 웃고 떠들던 일이 아주 오래전 일 같았다. 콩
짱이랑 낄낄거리고 장난치고 싶었지만 밖에 나가 있어도
마음이 불편할 게 뻔했다.

다시 콩짱을 만난 건, 엄마 심부름으로 마트에 다녀오는
길에서였다. 진짜 오랜만이었다. 콩짱은 볼 주변이 빨갰다.
찬바람을 맞으며 한참 밖에 있었던 모양이었다. 나를 보자
콩짱이 막 달려오며 소리쳤다.

"맹물!"

반갑지 않았다.

"나 바빠. 얼른 집에 가야 해."

콩짱이 졸졸졸 따라왔다. 귀찮은 티를 내는데도 막무가
내였다. 빨리 걸어도 소용없었다. 콩짱도 있는 힘껏 걸으
면서 흘낏흘낏 내 눈치를 보았다. 슬슬 짜증이 났다. 거의
뛰다시피 하니까 콩짱이 내 팔목을 잡았다. 어색하게 마주

보았다. 퉁명스럽게 말이 나왔다.

"뭐?"

콩짱이 침을 꼴딱 삼키며 말했다.

"있잖아. 나도 예전에 탱이가 무지개다리를 건넜을 때 진짜 힘들었어. 근데 깜돌이는 가족한테 돌아간 거잖아."

콩짱은 내가 깜돌이 때문에 집 밖으로 나오지 않는다고 지레짐작하고 있었다.

"그런 거 아냐! 잘 알지도 못하면서…."

"그럼 무슨 일인데? 네가 걱정된단 말이야."

"네가 내 걱정을 왜 하는데?"

있는 대로 성질을 부렸는데 콩짱은 그저 한숨만 푹 쉴 뿐이었다. 나는 휙 돌아섰다. 콩짱이 뒤에서 어정쩡하게 다시 팔을 잡았다.

"너 좋아하니까."

가슴이 쿵쾅쿵쾅 뛰었다. 아무 말도 할 수 없었다. 다시 돌아서서 콩짱 얼굴을 볼 자신이 없었다. 팔을 뿌리치고 달리기 시작했다.

집에 오니 엄마가 내 얼굴을 들여다보며 말했다.

"무슨 일 있어? 얼굴이 발그레한데."

얼른 방으로 들어갔다. 따뜻한 무언가가 가슴속에서 몽글몽글 피어났다. 얼굴이 더 더 더 빨개졌다.

# 떨어져 있어도 괜찮아!

맹물네 아줌마의 검진 결과가 나왔다. 다행히 암 세포가 깨끗하게 사라졌다고 했다. 맹물이 일부러 전화를 걸어 알려 주었다. 내 어설픈 고백에 대해서도 대답을 해 줄까 기대했지만 별다른 말이 없었다. 나도 모르게 터져 버린 고백이어서 떠올릴수록 쥐구멍에 들어가고 싶었다. 맹물은 그날 일에 대해서는 아무 말도 하지 않았다. 먼저 묻기도 뭐했다. 이렇게 끝인가 싶었다. 맹물이랑 통화를 끝내고 나니 손이 다 축축했다. 맹물이 무슨 말을 하나 기대하고 긴

장해서 들었기 때문이다.

좋은 소식은 이게 다가 아니었다. 얼쑤 아저씨 시험 결과가 드디어 나왔다. 합격이었다. 아저씨는 합격 소식에 얼쑤— 하며 어깨춤을 췄다. 나도 덩실덩실 춤을 추었다. "동네 사람들! 우리 아저씨가 선생님이 되었어요!" 하고 외치고 싶었다.

얼쑤 아저씨한테는 벌써 맹물과의 일을 털어놓았다. 아저씨는 연애도 책으로 배워서 솔직히 쑥맥이라고 했다. 그래도 고백은 초등학교 때부터 많이 해 봤다고 했다. 숱하게 차였다고. 대답이 없는 건 거절이 아니라고 했다. 보통 상대가 마음이 없으면 고백하자마자 거절한다고 했다.

아저씨는 이왕 고백한 김에 제대로 프러포즈를 해 보는 건 어떻겠냐고 했다. "무슨 프러포즈요?" 하고 물으니, 얼쑤 아저씨는 진지하게 "결혼!" 하고 말했다. 아무래도 얼쑤 아저씨가 공부만 너무 오래 해서 연애 세포가 몽땅 죽은 듯했다.

얼쑤 아저씨는 책 정리를 핑계로 맹물을 불러 주겠다고

했다. 시험에 합격도 했으니 집 안 정리를 하면서 쌓아 둔
책들을 싹 정리하겠다고 했다. 맹물한테 와서 갖고 싶은 책
은 가져도 좋다고 했다. 고백한 뒤 처음 보는 거였다.

맹물이 생글생글한 얼굴로 나타났다. 나는 슬쩍슬쩍 맹
물 눈치를 보았다. 그래도 얼굴을 보니 좋았다. 맹물은 쌓

아 놓은 책을 살펴보며 눈을 반짝였다. 아저씨는 책을 다 고르면 떡볶이를 먹으러 가자고 했다. 아저씨가 찡긋거리며 눈짓을 했다. 저러다가 맹물이 눈치라도 챌까 싶어 심장이 벌렁거렸다.

그때 아저씨 핸드폰이 울렸다. 전화를 받으며 얼쑤 아저씨 얼굴이 점점 굳어져 갔다. 문제가 생긴 게 틀림없었다. 아저씨는 진짜 얼굴에 모든 게 다 드러났다.

깜돌이네 쌍둥이가 폐렴으로 입원을 했고 집에 깜돌이가 사흘째 혼자 있다고 했다. 사료랑 물을 넉넉히 주고 나왔지만 깜돌이가 어떻게 지내고 있을지 아무래도 마음에 걸린다고, 한번 가서 살펴 달라고 했다.

놀라기보다 화가 났다. 사흘을 어떻게 혼자 있었을까, 지금이라도 당장 가 봐야겠다 싶었다. 내가 발을 동동 구르자 맹물이 어깨를 툭툭 쳤다.

"진정해. 깜돌이를 이렇게 오래 혼자 둘 줄 몰랐겠지. 더욱이 쌍둥이가 아프다잖아."

"그래. 이건 어쩔 수 없는 일이지."

하여튼 이럴 때 보면 나만 속 좁은 좀팽이다. 짜증이 조금 누그러들자 오랜만에 깜돌이를 볼 수 있다는 생각에 배시시 웃음이 났다. 쌍둥이가 아프다는데 미안하게 설레기까지 했다.

쌍둥이네는 멀지 않았다. 버스를 타고 열두 정거장만 가면 되었다. 갈아탈 필요도 없었다. 하나도 멀지 않은 동네였다. 진작 와 볼걸 싶었다.

문을 열고 들어가자 깜돌이 냄새가 확 났다. 깜돌이가 반갑게 짖으며 꼬리를 흔들었다. 기다림에 지쳤는지 눈이 퀭했다. 사흘 동안 혼자 있었을 녀석을 생각하니 심장이 따끔따끔했다.

얼쑤 아저씨가 서둘러 창문을 열었다. 차고 시원한 공기가 집 안으로 들어왔다. 사료를 보니 먹은 흔적이 거의 없었다. 언제까지 혼자 있을지 모르니 최대한 참은 모양이었다. 뭣보다 밥을 먹여야 했다.

"깜돌아 밥 먹어. 배 안 고팠어?"

깜돌이 쪽으로 사료를 밀었다. 우리를 보고 마음이 놓이는지 사료를 먹기 시작했다. 아드득아드득 사료 씹는 소리가 퍼졌다. 물도 새로 갈아 주었다. 배부르게 먹고 시원한 물을 마신 깜돌이는 편안해 보였다.

소파 아래에서 장난감용 밧줄을 꺼냈다. 깜돌이한테 밧줄을 물게 하고 서로 이쪽저쪽으로 잡아당겼다. 잠깐 움직였는데도 땀이 스며 나왔다. 깜돌이도 스트레스가 풀렸겠지만 나도 스트레스가 풀렸다.

얼쑤 아저씨가 깜돌이를 물끄러미 바라보았다.

"아무래도 안 되겠다. 쌍둥이 퇴원할 때까지 깜돌이를 내가 데리고 있어야겠어. 깜돌이를 혼자 두고 못 가겠어."

나랑 맹물은 '얼쑤!' 하고 만세를 불렀다. 보이는 대로 깜돌이 짐을 챙겼다. 사료, 밥그릇, 물그릇, 산책 줄 등을 한곳에 모았다. 며칠이라도 꼭 있어야 하는 물건들이다.

"걱정하지 마. 여기 혼자 두지 않을게."

산책 줄을 가슴에 채우려는데 깜돌이가 몸을 뒤로 뺐다. 처음 보는 모습이었다. 당황한 얼쑤 아저씨가 다시 한번 산책 줄을 채우려고 했다. 깜돌이는 벌떡 일어나 다른 쪽으로

가 버렸다. 나가고 싶지 않다고 강하게 말하고 있었다. 깜돌이의 행동이 무엇을 말하는지 분명했다.

"깜돌이는 집에서 주인을 기다리고 싶은 거예요. 주인이 오지 않는 한 나가려고 하지 않을 거예요."

얼쑤 아저씨는 진짜 실망한 표정이었다.

"나랑 일 년이나 살았잖아. 내가 낯선 사람도 아닌데."

"지금 억지로 데려가면 주인을 기다리지 못했다고 스스로 탓할 거예요."

그 말을 하는데 순간 목이 메었다. 아침이면 문 앞에서 내가 나오기를 기다리던 탱이가 떠올랐다. 다시 만날 수 없다는 게 정말 속상했다.

내가 갑자기 말을 잇지 못하자 얼쑤 아저씨가 당황했다.

"아, 알았어. 억지로 데려가지 않을게."

얼쑤 아저씨와 맹물에게 마음 깊이 담아 두었던 얘기를 꺼냈다. 꽉 막혔던 내 마음에도 창을 활짝 열어 시원한 공기를 들이고 따뜻한 햇살을 쬐이고 싶었다. 아빠와 함께 산에 들어간 얘기, 탱이를 만난 얘기 그리고 탱이가 어떻게 무지개다리를 건넜는지, 쌍둥이네 집 소파에 앉아 하나하나 꺼내 보았다.

　나는 여태까지 줄곧 탱이는 겨울 산에서 내려온 산짐승 때문에 죽었다고 생각했다. 그냥 운이 없었다고. 집으로 불러들이지 못한 나 자신 탓만 하고 있었다. 그런데 깜돌이를 보니 내 생각이 틀릴 수 있겠다 싶었다. 가장 힘든 순간에 도망치지 않는 개들은 주인을 생각하는 거였다. 탱이는 나를 지키겠다는 마음으로 어쩌면 위험을 알고도 문밖으로 나간 건지도 몰랐다. 위험한 산짐승을 쫓으려고 말이다. 탱이도 깜돌이도 진짜 의리 있고 멋진 녀석들이다.

　얼쑤 아저씨가 모든 얘기를 듣더니 머리를 쓰다듬어 주었다. 맹물이 조용히 다가와 손을 꼭 잡아 주었다. 맹물한테는 남동생 같은 모습만 보이게 되다니, 창피했다. 아무래도 맹물이 날 좋아하기는 어려울 듯했다. 그래도 맹물과 얼쑤 아저씨가 한층 가깝게 느껴졌다.

　깜돌이는 우리 옆에서 벌러덩 누워 있었다. 배를 보여 준다는 건, 완전히 믿고 있다는 표시였다. 축 처진 공기를 신

나는 분위기로 바꾸고 싶었다.

그때 멋진 생각이 떠올랐다. 쌍둥이 아빠한테 전화를 걸자고 했다. 깜돌이한테 혼자가 아니라는 걸 알려 주고 싶었다. 전화를 걸어서 귀에 대 주자 깜돌이가 멍멍 행복하게 짖었다. 전화를 끊으니 핸드폰을 핥았다.

그사이 나도 탱이를 편안하게 떠올릴 수 있었다.

'탱이야! 잘 있니?'

사료와 물을 듬뿍 주고 문단속을 하고 쌍둥이네 집을 나왔다. 깜돌이가 오늘 밤도 혼자 보내겠지만 마음이 무겁지는 않았다. 떨어져 있어도 괜찮았다. 진짜로!

# 봄 소풍

벚꽃이 날리는 봄이 돌아왔다.

그냥 씨가 개를 풀어 놓을 수 있는 공원에 다 같이 놀러
가자고 했다. 나랑 엄마, 콩짱이랑 콩짱 엄마, 얼쑤 아저
씨, 할머니, 그냥 씨, 깜돌이와 쌍둥이네까지 한자리에 모
이기로 했다. 소풍날을 손꼽아 기다렸다. 진짜 꼬맹이처럼
몇 밤 남았나 세어 가며 기다렸다.

날씨가 너무 좋았다. 다들 편하고 예쁜 옷으로 차려입었
다. 할머니는 겨우내 만든 분홍빛 외투를 입고 나왔다. 할

머니는 마치 소녀가 된 것 같다고 했다. 우리 눈에는 영국 여왕님 같았다.

얼쑤 아저씨는 돗자리를, 그냥 씨는 과일을 챙겨 왔고, 콩짱네 아줌마는 맛있는 샌드위치를 싸 왔다. 할머니는 떡과 식혜를 해 갖고 왔다. 먹고 마시며 수다를 떨었다.

엄마랑 콩짱네 아줌마가 함께 있는 모습만 보아도 기분이 좋았다. 작년 벚꽃이 필 때는 상상도 못 한 일이었다. 엄마는 항암으로 지쳐 있었고 아줌마 소식은 누구도 모를 때였다. 그러고 보니 그때는 깜돌이도, 얼쑤 아저씨도, 할머니도, 그냥 씨도, 쌍둥이네도 다 모를 때였다.

최고 인기는 쌍둥이였다. 쌍둥이는 방실방실 웃고 말도 몇 마디 할 수 있었다. 아기들은 깜돌이를 깜이라고 불렀다. 어른들은 돗자리에 빙 둘러앉아 쌍둥이에게서 눈을 떼지 못했다. 하지만 나와 콩짱한테는 언제나 깜돌이가 최고였다.

우리 셋은 원반던지기를 했다. 원반던지기는 호흡이 중요했다. 조금이라도 낮게 던지면 깜돌이가 공중에서 원반을 낚아챘다. 조금이라도 빗나가면 깜돌이가 먼저 달려가 주웠다. 깜돌이가 원반을 낚아채면 나랑 콩짱은 깜돌이를 서로 불러 댔다.

"깜돌아 여기야. 여기!"

"깜돌아! 이리 와!"

깜돌이의 선택은 무조건 나였다.

콩짱은 최후의 수단으로 "깜돌아, 간식!" 하고 있지도 않은 간식까지 외쳤지만 결과는 똑같았다. 콩짱이 분통을 터뜨렸다.

"그래 둘이 실컷 해라. 내가 빠질게."

콩짱이 확 돌아서서 멀리 사라졌다. 나는 킥킥거리고 깜돌이는 꼬리를 흔들며 콩짱을 따라갔다. 원반던지기가 지루해지던 차였다. 깜돌이가 다가가자 콩짱이 키득키득 웃었다. 콩짱도 괜히 화가 난 척하는 거였다.

우리 셋은 나란히 걸었다. 콩짱은 키가 부쩍 컸다.

"콩짱, 지금보다 키가 크면 콩짱이라는 별명도 바꿔야 할까?"

"맹물. 너도 요새는 별로 안 울잖아."

"아무리 커도 넌 콩짱이어야 해."

"맞아. 한번 맹물은 영원한 맹물이야."

콩짱이 바보처럼 웃었다.

콩짱한테 아직까지 좋아한다는 말을 하지 못했다. 얘기해야지 얘기해야지 하면서도 용기가 나지 않아 늘 입안에서만 말이 뱅뱅 돌았다. 요새 엄마가 자주 하는 말이 떠올랐다.

'하고 싶은 건 바로 지금 하는 거야.'

심장이 두근두근 뛰었다. 얼마나 요란하게 뛰는지, 콩짱한테까지 들릴 듯했다. 다짜고짜 불러 보았다.

"콩짱!"

콩짱과 깜돌이가 걸음을 멈추고 돌아보았다.

크게 숨을 들이마시고 내쉬며 말했다.

"나도 너 좋아해!"

콩짱은 어리벙벙한 얼굴로 보며 말까지 더듬었다.

"나…, 나?"

깜돌이가 멍멍 짖으며 슬금슬금 나에게 다가왔다. '콩짱
이 아니라 나지?' 하고 말하는 것 같았다.

피식 웃음이 나왔다. 나는 다시 한번 말했다.

"콩짱! 너 좋아한다고!"

콩짱이 "야호!" 하고 만세를 불렀다. 깜돌이가 약이 오른 듯 왈왈왈 짖었다. 콩짱이 깜돌이한테 메롱 하고 혀를 내밀었다. 이번에는 깜돌이가 삐질 차례였다.

# 산책 같은 책이 되었으면…

가끔 생각나는 개가 있습니다. 몇 년 전 회사를 다닐 때였는데, 휴가를 내고 수도원에서 열흘 정도 머문 적이 있었습니다. 조용한 곳에서 잘 먹고 잘 쉬며 산책을 하곤 했어요.

그날도 점심을 잘 먹고 따뜻한 해를 받으러 산책을 나섰는데 수도원에서 키우는 개가 뒷마당에서 달려왔습니다. 그때까지는 그곳에 개가 있는지 몰랐어요. 아주 커다랗고 털이 북실북실한 개였어요. 그 개와 한참 동안 숲길을 걸었어요. 녀석은 걸음이 느린 저보다 앞서갔고 가끔 돌아보며 기다려 주었습니다. 높은 곳에 올라 산기슭에 있는 마을도 보고 바람 냄새도 맡았지요. 돌아올 때는 제가 먼저 발걸음을 돌렸는데 녀석은 산책을 더할 듯이 앞으로 나아갔어요. 저는 개가 안 따라오면 어쩌나 마음을 졸이면서도 돌아오겠지 하는 믿음으로 숲을 내려갔습니다. 그렇게 가다 보니 녀석은 또 언제 그랬냐는 듯이 뒤따라왔어요. 어디만큼 왔을까, 서로 찾으며 걸음 속도를 적당히 맞추며 수도원까지 돌아왔지요. 그 산책을 오랫동안 기억하고 이 책을 쓰면서는 자주 꺼내 보았어요. 따뜻한 콧바람, 엉켜서 잘 쓸리지 않던 털, 함께 보던 풍경, 말없이 함께한 시간을요.

이 책을 읽는 친구들에게 이 책이 그런 산책과 같았으면 좋겠습니다. 책이 쉬어갈 수 있는 의자가 되고, 땀을 식히는 바람이 되고, 잠깐의 눈인사를 건네는 동무가 되면 좋겠습니다. 앞서거니 뒤서거니 하며 우리는 함께 걸어가고 있지 않을까요. 서로 어디쯤 왔을까 찾으면서요.

함께 만들어 준 편집자님, 오랫동안 글쓰기를 하지 못하던 저에게 용기를 북돋아 준 봄볕 팀에게 감사드려요. 그림을 그려 준 모예진 작가님에게도 고맙습니다.

따뜻한 유년을 지켜 준 부모님과 기꺼이 별명을 내어 준 맹물, 콩짱, 탱이에게 고마움을 전합니다.

어느 겨울밤, 이소완